이번 생은 황제로 살겠다

STAY 판타지 장편소설

이번 생은 황제로 살겠다 9

초판 1쇄 발행 2023년 12월 14일

지은이 ǀ STAY
발행인 ǀ 최원영
편집장 ǀ 이호준
편집디자인 ǀ 한방울
영업 ǀ 김민원

펴낸곳 ǀ ㈜ 디앤씨미디어
등록 ǀ 2002년 4월 25일 제20-260호
주소 ǀ 서울시 구로구 디지털로 26길 111 JnK디지털타워 503호
전화 ǀ 02-333-2513(대표)
팩시밀리 ǀ 02-333-2514
E-mail ǀ papy_dnc@dncmedia.co.kr
블로그 ǀ blog.naver.com/gnpdl7

ISBN 979-11-364-5046-3 04810
ISBN 979-11-364-4483-7 (SET)

※ 저자와 협의하여 인지는 붙이지 않습니다.
※ 이 책은 ㈜ 디앤씨미디어(파피루스)가 저작권자와의 계약에 따라 발행한 것으로 본사와 저자의 허락 없이는 어떠한 형태나 수단으로도 내용을 이용할 수 없습니다.

PAPYRUS FANTASY STORY · 9

이번 생은 황제로 살겠다

STAY 판타지 장편소설

PAPYRUS
파피루스

1장. 무쌍의 검 · 7

2장. 사자(死者) · 77

3장. 재액의 화신 · 177

4장. 빛과 어둠 · 249

1장. 무쌍의 검

무쌍의 검

'이게 뭐지?'

호박색의 눈동자를 닮은 듯한 보석.

아니, 보석처럼 보이는 광물 같기도 하다.

이 표면에 흐르는 광택은 무척 옅었다.

빛을 반사하는 여타의 광물들과 달리 이것은 햇살을 안에 품고 있다.

묘한 느낌에 카이드가 호박색을 붙잡았다.

쩌어어엉!

순간, 정신이 아득해졌다.

몸의 기력과 혈액은 원활하게 순환된다.

하지만 물질적인 것이 아닌, 보다 정신적인 것.

딱 잘라 정의하기 어려운 형질 때문에 이 안으로 빨려

들어가는 듯했다.

쾅!

카이드가 호박색의 무언가를 한 손에 부숴 버렸다.

소리를 듣고 놀란 친위대가 달려왔다.

"대장군, 괜찮으십니까!"

"……?"

"방금 묘한 느낌을 받아서……."

부수고 난 뒤에야 알아챘다.

하지만 그것이 정령력이라고 딱 잘라 말하지 못하는 친위대의 모습에서 카이드는 이 호박색이 기존의 정령들과 결을 달리하는 종류라고 생각했다.

'다양한 정령력을 구사하는 친위대가 모를 정도이고, 나의 힘과도 어울리지 않아. 이건, 지금까지 나타난 적 없는 새로운 무언가다.'

카이드가 아직 정리되지 않은 전장을 살폈다.

"수장으로 보이는 놈들만 살려 둬."

"예!"

친위대가 다시 흩어졌다.

사방에서 정령력이 피어오르기 무섭게 약탈자들의 기세가 약해졌다.

카이드는 호박색의 무언가가 담긴 수레를 다시 동굴로 끌고 들어갔다.

난폭한 손길이 벽을 휩쓴 듯한 모양의 동굴 속 서늘한

기운이 느껴진다.
 카이드가 기운이 불어오는 방향으로 걸어갔다.
 난잡하게 헤집어진 통로를 지나자 넓은 공간이 펼쳐졌다.
 특별한 장신구 하나 없는 중앙에 나무로 된 손이 하나 뉘어 있었다.
 사람의 형태를 본뜬 듯한 손은 길쭉하게 뻗어 있었고 곳곳에 작은 홈이 패여 있었다.
 호박색의 무언가는 그 홈에서 꺼낸 듯 보였다.
 "부족이 숭상하는 신인가. 아니면 숭배하는 성물······."
 손 주위를 둘러보던 중 흐릿해진 단어 하나가 눈에 띄었다.

 사(死).

 불길함이 감도는 글자를 매만졌다.
 차갑고 소름 끼치는 느낌이 목덜미를 어루만지는 듯하여 카이드는 바로 검을 빼 들었다.
 카앙!
 허공이 일그러지며 숨어 있던 악밀자의 모습이 드러났다.
 "소상히 설명한다면 왕국에서 보호해 주겠다."
 처음부터 알고 있었다는 듯한 모습에 놀란 것도 잠시.

약탈자가 푸르스름한 안광을 번뜩이며 곡도를 휘둘렀다.

순간, 곡도가 수십 개처럼 보이는 착시 현상이 들 정도로 매섭고 호쾌했다.

밖의 약탈자들과 궤를 달리하는 실력자였으나 카이드에겐 갓난아기처럼 가볍게 비틀어졌다.

손목을 부드럽게 흘려보내니 잔상처럼 퍼져 갔던 곡도가 검 끝에 붙잡혔다. 약탈자가 놀란 눈을 부릅떴을 때, 카이드가 진각을 밟았다.

쾌득!

몸의 반탄력을 검면에 실어 약탈자의 뼈만 어루만졌다.

벽면에 처박혀 비틀거리던 약탈자가 이내 흰 눈을 까뒤집고 고꾸라졌다.

카이드가 기절한 약탈자를 수레에 집어넣었다.

그리고 서늘한 공간을 둘러보다가 밖으로 나갔다.

* * *

수백 명의 약탈자가 빠르게 정리되었다.

친위대는 약탈자를 통솔하던 몇몇 인원들을 마을 중앙에 포박해 두었다.

그곳에 자신이 잡은 약탈자를 던져 놓으며 카이드가 물었다.

"너희는 어찌하여 본국의 백성들을 해하려 들었나."

"……"

"서쪽의 약탈자 무리들…… 어설프게 본국을 따라 해 봐야 약탈자의 꼬리가 떨어지진 않을 터. 우매하게도 화를 자처하는구나."

카이드가 속을 긁어 버리듯이 도발하자 약탈자들의 얼굴에 미세한 주름이 생겼다.

예로부터 서쪽과 동쪽의 부족들은 사이가 좋지 않았다.

특히 바르간타를 세우고 난 뒤에 서쪽 약탈자들은 수시로 습격했었다.

어떻게든 나라에 균열을 내고 싶어 하는 그들의 야만적인 습성을 바르간타는 매번 단죄해 왔었다.

하지만 이번 일은 여느 때와 결이 다르다.

카이드 일행이 이 마을을 스치지 않았다면 약탈자들이 습격했다는 사실조차 몰랐을 것이다.

그들에겐 무척 중요하고 은밀하게 처리해야 할 일이 있다.

그것은 분명 이 무언가와 관련되어 있다.

"이딴 미물 하나에 허덕이느냐."

호박색의 무언가를 앞에 굴리며 카이드가 약탈자들의 눈을 살폈다.

"이깟 것이 정령력을 흡수한다고 하나, 본국에 위험이 될 거라고 진정 그리 믿느냐?"

아무것도 모르니 뭐라도 있는 척 허세를 떨어 보았다.

그리고 카이드의 무표정한 모습과 목소리가 어울려 약탈자들의 내심을 자극시켰다.

"네놈들이 아무리 이것을 모은다 해도 본국은 반드시 약탈자들을 멸할 것이다."

"흐흐흐흐, 악귀 대장. 네놈의 소문은 익히 들었지. 실로 강하더군. 하지만 명부 앞에선 모든 것이 평등해져."

명부?

"네놈이 명부를 붙잡고 기절할 뻔하지 않았더냐, 크하하하하!"

약탈자의 웃음소리가 하늘을 찌르는 순간, 1호의 매서운 손끝이 인질들을 휩쓸었다.

동시에 축 늘어진 약탈자들을 포박하며 1호가 물었다.

"놈의 정령력이 요동치는 듯하여 부득이하게 기절시켰습니다."

카이드가 고개를 끄덕였다.

"명부…… 간과하기 어려운 말이다. 모조리 붙잡아 왕국으로 압송하도록."

"하오면, 귀환하시는 것입니까?"

"아니. 예정대로 서쪽을 친다. 본국이 병력을 일으킬 명분까지 확보하고, 이것과 관계된 자들을 모두 포박할 것이다."

"친위대를 나누는 선택은 좋지 않은 듯합니다."

"너와 4호가 이놈들을 끌고 가. 부족민들의 안전도 확보해 두고. 나머지는 내가 처리해 두겠다."

"……알겠습니다."

1호가 가볍게 읍하곤 4호와 함께 약탈자 무리들, 백성, 호박색 무언가가 실린 수레를 이끌고 부족을 떠났다.

남겨진 자들을 둘러보며 카이드가 물었다.

"이곳 족장에게선 동굴과 관련된 무언가를 들었나?"

5호가 나서서 답했다.

"족장도 저 동굴의 존재를 몰랐다고 합니다. 약탈자들이 갑자기 습격하였고, 붕괴되는 소리에 놀라 살펴보니 저곳에 굴이 있었다고 했습니다."

"족장은 이곳 토박이 아닌가?"

"아닙니다. 국경이 확장되면서 이곳까지 밀려났다고 했습니다."

카이드가 고개를 끄덕였다.

"현재 우리의 목적은 서쪽 약탈자들을 습격하고 그들의 전력을 약화시킴과 동시에 본국에서 병력을 이끌 명분까지 확보하는 것이었다. 하지만 저 호박색의 무언가는 상당히 께름칙해. 어쩌면 약탈자 무리들이 부족한 정령가들을 채울 방안으로 활용할지도 모른다고 판단했다. 하여, 이제부턴 저것과 관계된 놈들을 포박하거나 정보를 추출한 후 빠르게 처리하는 것까지 함께 시행하겠다."

"예!"

"약탈자들의 국경에 균열부터 만드는 작업을 시작한다. 이틀 안에 끝낸다."

"알겠습니다!"

카이드가 선두로 나서자 친위대들이 정령력을 북돋우며 빠르게 달라붙었다.

그들은 약탈자들의 국경까지 향하면서 곳곳에 침략당하는 부족들의 안위도 살폈다.

명부와 관련된 정보는 찾지 못했지만, 왕국으로 유입되는 떠돌이 부족들의 숫자가 늘어났다.

"하온데, 대장군. 이런 식으로 계속 약탈자들을 처리해 나갔다간 우리 동향을 들키지 않을까요?"

"들키겠지."

"예?"

"하지만 우리가 했다고는 생각하지 못할 거야."

여기까지 오면서 약탈자들은 한 명도 남김없이 제거했다. 설령, 약탈자가 습격받았다는 사실을 알더라도 그것이 카이드의 소행이라곤 생각하지 못할 것이다.

"녀석들은 약탈자긴 해도 머리를 제법 쓸 줄 안다. 우리 행적에 따라 동선을 계산하겠지. 하여, 지금 곳곳에 흉흉한 기척이 느껴지지 않더냐."

"하오면……."

"놈들이 계산보다 더 빠르게 틈을 파고든다. 느긋하게 행적을 남기고 온 이유는 그것 때문이야."

그러고 보니 이제 슬슬 떠돌이 부족 하나 없는 서쪽 국경이 나온다. 카이드 일행이 더는 신경 쓰지 않고 진군에 박차를 가할 수 있는 것이다.

"놈들의 예상보다 반나절 더 빠르게 국경을 두드릴 수 있다. 하여, 지금부터 각자 내가 지시한 대로 움직인다."

카이드가 푸른빛이 감도는 보석을 친위대에게 내밀었다.

"내가 약탈자의 정면을 두드릴 테니, 그 틈에 너희는 여덟 지점에 이것을 설치해."

"이건 수령석 아닙니까?"

"후발식이다. 내 기운과 접촉하면 수령석이 작동하도록 되어 있지."

"……!"

그제야 카이드의 의도를 눈치챈 친위대가 놀란 기색을 드러냈다.

"서쪽 국경에 설치 후 내가 직접 대군을 이끌고 다시 방문했을 때, 수령석을 작동시켜 국경을 무너뜨릴 것이다. 지금은 놈들이 눈치채지 못하게 사전 작업을 진행한다. 그리고 모든 게 끝나면 국경을 넘어 약탈자들의 주요 지점을 흔들어 버린다."

서쪽의 혼란이 가중되고 바르간타와의 대립이 심화되는 순간.

"놈들이 정비할 시간에 대군을 이끌어 국경부터 한꺼

번에 정리한다. 이것이 일주일 안에 서쪽을 멸망시킬 가장 빠른 길이다."

바르간타에서 데려온 병력이 국경부터 시작해 약탈자들의 왕성까지 빠르게 치고 들어간다.

처음부터 카이드와 친위대의 역할은 서쪽 정벌에 용이하도록 사전 작업을 해 두는 것이었다.

"포로와 인질은 필요 없다. 핵심 인물들은 모조리 죽여. 죽이는 게 불가능하다면 그 시설에 타격을 입혀라. 그마저도 어렵다면 도망쳐라. 나보다 먼저 죽는 것은 허락하지 않겠다."

친위대가 웃음 섞인 목소리로 답했다.

"명을 받들겠습니다!"

약탈자 무리들의 기운이 느껴지자 카이드의 눈빛이 서슬 퍼렇게 변했다.

* * *

서쪽의 국경은 바르간타보다 높고 웅장했다.

예로부터 서쪽은 다른 부족들을 습격하여 얻은 자원과 인력을 자국 수호에 투자해 왔었다.

남의 것을 빼앗고 싶으나, 자신의 것은 죽어도 빼앗기기 싫어하는 고약한 습성을 가진 이들끼리 만나 결국 나라를 세웠으니.

국경의 두터움과 아득함은 네 나라를 통틀어 1, 2순위를 다툰다고 할 수 있다.

이곳을 지금의 바르간타가 무턱대고 덤볐다간 몰살당하기 좋다.

게다가 바르간타가 서쪽을 침략했다는 사실이 남쪽과 북쪽에도 알려진다면, 역으로 자국이 공격받을 위험도 생긴다.

서쪽 공략의 핵심은 단 하나.

시간.

바르간타가 출병을 거행했을 때, 얼마나 빠르게 서쪽을 정복하고 남쪽과 북쪽에서 병력이 오기 전까지 왕국으로 귀환할지의 여부.

그것을 위한 밑 작업이 시작되었다.

달빛조차 가려진 밤.

카이드는 국경으로 나아갔다.

정령가들을 경계하기 위한 도구들이 국경 곳곳에 배치되어 있었다.

수령석을 은밀하게 심어 놓으려면 확실히 이목을 붙잡아 둬야 했다.

성문을 두드리는 긴 하수다.

제일 좋은 방법은 역시.

'저기 있군.'

성루 위에서 가장 강한 정령력을 내뿜는 약탈자를 치는 것.

"거기 누구……."

순찰을 도는 약탈자 무리들의 시선이 미침과 동시였다.

카이드가 지면을 박차 성벽에 올랐고, 다시 성벽을 짓밟으며 검을 빼 들었다.

무려, 두 걸음 만에 까마득한 성벽을 가로지른 카이드가 성루에 내려섰다.

그 즉시 성루의 책임자는 정령력을 일깨웠다.

"좋군."

야밤에 이뤄진 기습.

카이드는 나름 기척을 숨겼다.

그것을 파악하고 반격까지 꾀하려는 이 책임자는 분명 상당한 실력자다.

친위대에 들어온다면 9번째 자리를 당당히 꿰찰 정도는 될 것이다.

소란은 이토록 강한 자를 상대하면서 벌여야 한다.

그리고 혼란은 이토록 강한 자가 측근들 앞에서 죽었을 때, 펼쳐지는 법이다.

쾅!

소리 내어 찍은 전각이 성루에 굉음을 터트렸다.

가로지른 정령력은 바람의 성질을 가졌으며, 칼날보다 예리하게 다듬어졌다.

상당히 숙련도 높은 정령력을 그보다 빠른 속도로 가로

지른 카이드가 검을 사선으로 내리그었다.

바람과 교차한 검은 소리 없이 책임자의 몸을 베어 넘겼다.

쿵!

베이는 소리조차 들리지 않았다.

그저 책임자의 육중한 몸이 떨어져 내리는 소리가 성루에 울려 퍼졌을 뿐.

뒤늦게 병력들이 도착했을 때, 카이드는 보란 듯이 가면을 꺼내 들었다.

피가 딱딱하게 얼룩진 검붉은 악귀 가면.

"아, 악귀 대장!"

경악성이 끝나기 전에 휘두른 일검이 수백의 목을 갈랐다.

피가 사방으로 비산할 때, 국경에 경계령이 울려 퍼졌다.

각 방위를 책임지던 자들의 기척이 몰려오자 카이드가 어깨에 내려앉은 바람에 속삭였다.

"시작해라."

6호의 특기인 바람 정령이 카이드의 목소리를 다른 친위대들에게 전파했다.

그리고 카이드는 향후 국경을 무너뜨릴 때, 성가실 것 같은 자들을 골라 베기 시작했다.

간부급으로 짐작되는 자들을 30명 정도 죽일 무렵, 묘한 소리가 들려왔다.

"명부의 사신께 감히 바라옵나니!"

카이드가 께름칙한 기운이 느껴지는 곳으로 시선을 돌렸다.

오른손이 호박색으로 물든 자가 정령과 다른 이질적인 기운을 카이드에게 겨누고 있었다.

* * *

호박색의 영롱한 빛.

수레에 실렸던 호박색 보석과 비슷하다.

하지만 보석을 손에 쥐었던 때와는 어딘가 느낌이 다르다.

그때는 분명 정신이 빨려 들어가는 것 같았지만, 지금은 심장을 옥죄는 듯한, 본능을 자극하는 무언가가 느껴진다.

우웅!

달빛에 반사된 검이 공명음을 토할 때, 호박색 팔에서 서늘한 기운이 지면을 쓸어 왔다.

카이드가 가볍게 도약했음에도 기운은 샛노랗게 방울지며 허공까지 따라왔다.

순간, 수평으로 뉜 검에서 초승달 같은 검기가 터져 나왔다.

하지만 검기는 노란색 방울을 가르지 못하고 오히려 삼켜져 덩치를 불리는 역효과만 초래했다.

카이드의 눈이 가늘게 좁혀질 때, 확산된 노란빛이 허공을 삼켰다.

"오오, 신이시어……."

숭배해 마지않는 무언가를 찬양하는 그 몸을 검기가 휩쓸었다.

서걱!

소리가 들리고 나서야 그는 자신의 팔이 베였다는 사실을 깨달았다.

카이드가 호박색으로 빛나는 팔을 거머쥐며 등 뒤에 서 있었다.

분명, 삼켜졌어야 할 그가 어떻게……?

콰쾅!

눈 깜빡할 사이 성루에 몰려든 수백의 몸이 찢겨 나갔다.

언제 휘둘렀는지 보이지도 않았다.

카이드의 눈길이 휩쓸자 병사들은 싸늘한 주검이 되어 있었다.

"크아아악!"

그기 뒤늦게 잘려 나간 팔을 옮겨잡으며 고통에 울부짖는다.

바닥을 나뒹구는 그에게 관심 없다는 듯 카이드가 주변을 둘러보았다.

무쌍의 검 〈23〉

'사악한 힘이군.'

노란색에 닿았던 모든 것들이 썩어 들어가고 있었다.

문제는 그것들에 기운 또한 포함된다는 것이다.

허공에서 검기를 날린 직후 노란색에 삼켜진 기운은 썩어 문드러진 상태로 적의 기운을 북돋웠다.

직감적으로 이 수상한 기운과 맞부딪쳐선 안 된다고 판단한 카이드는 한층 속도를 높이며 노란빛의 측면을 돌파했다. 그와 동시에 호박색 팔을 베어 내며 두 가지를 깨달았다.

하나. 호박색은 기운을 포함해 만물에 존재하는 것들을 썩게 만드는 죽음의 기운을 가지고 있다는 것.

하나. 호박색은 증식하는 힘을 가지고 있지만, 시전자의 의식이 미치지 못하면 단순한 경로를 그리고 사라진다는 것.

요점은 시전자가 이것을 얼마나 통솔할 수 있느냐의 여부였다.

하지만 정령력과 다르게 끊임없이 기운을 주입하지 않아도 상관없다.

독자적으로 만물에 심어진 기운을 흡수해서 번져 나간다.

'정령력까지 압도하고 있어.'

문제는 이 사악한 기운이 정령력을 찍어 누른다는 것이다.

이런 술사들이 서쪽에 얼마나 키워지고 있는 걸까.

손에 쥔 호박색 팔이 아무 느낌 없는 창백한 색으로 되돌아가자, 카이드가 미련 없이 버리곤 성루에서 몸을 날렸다.

"저쪽이다!"

"습격자를 잡아라!"

수천의 약탈자들이 횃불까지 치켜들며 성내를 샅샅이 수색하러 나오고, 불의 정령들이 밤하늘을 수놓으며 대낮처럼 환하게 만들었다.

폭죽처럼 터져 나오는 국경 한복판을 가로지르던 중 부드러운 바람이 카이드를 휘어 감았다.

[대장군, 모시는 것이 늦어 송구합니다.]

6호가 바람결에 전해 주는 말에 귀 기울이고 있자 카이드의 모습이 감쪽같이 사라졌다.

바람의 흐름을 조작해 사람의 모습을 감추는 고위 정령술사의 능력이다.

6호가 한층 완숙해졌다고 생각할 무렵, 카이드는 어느새 국경 부근을 빠져나왔다.

산자락에 대기하고 있던 친위대와 조우하자마자 카이드가 단호히 말했다.

"추격자들이 밀려올 것이다. 지금부턴 3개 조로 불침을 서며 적의 요충지를 하나씩 공략한다."

"어디까지 향할 것입니까?"

처음엔 아군이 거점으로 삼을 만한 지역까지 밀고 들어가려 했었다.

서쪽의 중간 지점 정도라면 충분할 거라 여겼다.

하지만 호박색 팔을 마주한 이후로 생각이 바뀌었다.

"명부와 관련된 것들을 수집할 때까지."

그 꺼림칙한 것을 확인하지 않고선 군대를 일으킬 자신이 없었다.

"설령, 놈들의 수도까지 간다 하여도 반드시 확인해야 한다."

"알겠습니다!"

친위대는 정령력을 거둬들이며 암행복을 갖춰 입었다.

적의 감시망에 걸리지 않도록 야간 산행만 골라 타며 은밀히 다음 지점으로 향했다.

* * *

서쪽 약탈자들은 7개의 대부족과 8개의 중, 소규모 부족들이 연합하여 국가의 틀을 이루었다.

스스로 서쪽의 나라라고 천명한 뒤에 약탈자 무리들은 새롭게 체제를 개편했다.

8개의 중, 소규모 부족을 강대한 세력으로 만들고자 3개로 압축시켰다.

총 10개의 대부족이 탄생하여 각각의 관문을 지키고 있으니, 이를 10주협이라 명명했다.

카이드는 10주협의 주인들을 최대한 솎아 낼 생각이었다.

"이곳이라면 정령석을 다량 보유하고 있겠지. 최대한 보급해서 다음 지점으로 갈 수 있도록."

"예!"

친위대의 역할은 어디까지나 카이드가 각 주협의 주인들과 싸울 자리를 마련하는 것.

잔병들의 처리가 그들의 임무다.

"후우~!"

3호와 4호가 정령력을 함께 모아 입김을 불자 자욱한 안개가 피어올랐다.

6호의 바람이 더해지니 안개는 삽시간에 10주를 뒤덮었다. 그리고 친위대가 사방으로 퍼졌다.

관문을 지키는 병사들부터 빠르게 제거해 나가며 경계령이 울려 퍼지지 못하도록 사전 작업을 진행했다.

그와 동시에 7호와 8호가 성의 정령력을 파악하기 시작했다.

도구로 활용할 정령식이 이디 있는지 찾아내기 위한이 있는데, 역으로 묘한 기척에게 감지되었다.

"나쁘진 않군."

카이드가 검을 빼 들며 한달음에 성을 넘었다.

무쌍의 검 〈27〉

그와 동시에 터져 나오는 장렬한 섬광.

검으로 원을 그리며 빨아들이고 허공에 흘려보내니 폭죽이 터지듯 요란스러운 굉음이 울려 퍼진다.

"10주의 주인이다. 정령석을 사용하도록."

안개를 타고 흘러 들어간 말이 친위대에 전달되기 무섭게, 곳곳에서 폭발이 터져 나왔다.

이곳의 주인이 눈치챈 이상 기습은 불가하다. 이미 적의 병력들과 정령술사들이 안개 속에 침투하는 상황에서 10주와의 싸움을 방해받을 순 없다.

하여, 정령석을 이용한 혼란을 통해 적의 시선을 분산시킨다.

문제는 10주가 친위대의 정령력을 역으로 감지할 만큼 기감이 좋다는 것이다.

안개가 걸림돌로 작용되지 않는 상황에서 10주의 움직임은 성난 짐승처럼 혼란을 헤집는다.

쾅!

"……!"

정확히 3호의 숨통을 노리려던 묵직한 창을 카이드의 검이 올려 쳤다.

"합류토록."

"예!"

3호는 즉시 안개 생성을 중단했다. 덕분에 4호까지 발이 풀렸지만, 안개가 옅어져 간다.

바람이 세차게 불면 금방이라도 날아갈 듯했다. 이 잔잔한 기류라면 대략 새벽이 떠오르기 전까지 유지된다.

"한 호흡 정도인가."

카이드가 검을 늘어뜨리며 기운을 흘려보냈다. 순간, 안개 너머의 덩치 큰 창술사가 몸을 흠칫 떨었다.

"그렇군. 국경을 헤집은 괴한이 네놈인가! 이 서슬 퍼런…… 날카로운 것은 분명 악귀렷다!"

창이 소용돌이치며 안개를 끌어모은다.

완전히 모습을 드러낸 그 형체는 실로 짐승을 닮았다.

온몸에 새까만 털로 뒤덮인 거한.

손톱과 발톱은 대호처럼 날카로우며, 근육들은 단련된 강철을 보는 듯하다.

10주, 맹호 크랄.

희귀한 짐승의 정령과 계약을 맺은 전장의 맹수.

"이 시건방진 놈! 감히 이곳을 저 핏덩이들만 끌고 쳐들어올 생각을 하더냐! 내 그 오만한 입을 내 창으로 꿰뚫어 모든 부족이 모이는 자리에 걸어 두리라!"

창을 두 손으로 붙잡자 끌어당긴 안개가 회전하기 시작했다.

상대의 기운을 역으로 휘감아 파괴력을 증폭시키는 크랄의 장술은 근접전에서 가히 손에 꼽는다고 할 수 있다.

하지만 카이드는 창을 보고 있지 않았다.

크랄의 손목부터 시작해 어깨와 목에 이르는 근육들을

살폈다.

'모든 정령술사에겐 호흡이 있지.'

강대한 기술을 사용하기 전에 크게 호흡하여 주위에 존재하는 기운을 흡수한다.

그것이 정령술의 기본이다.

호박색을 사용하는 자는 이 법칙을 어겼지만, 다행히 크랄은 정령술에 얽매여 있는 듯하다.

호박색의 사용자들이 생각보다 서쪽에 많지 않을 수도 있다. 그렇다면 얘기는 간단해진다.

'호흡과 육신과 기술이 하나로 합쳐지지 않는다면 필시 틈이 벌어질 터.'

그 호흡의 맥을 찾아 끊는다.

정령술이 아닌 기본적인 병기술.

일정한 경지를 넘어선 순간 보이는 달인의 증명과도 같은 것.

"타핫!"

크랄이 거친 호흡을 터트리며 흉포하게 달려든다.

지면이 뭉개질 정도의 속도를 담은 창술은 가히 일격필살이라 불러도 무방했으나, 카이드의 검은 어느새 하단을 쓸어 넘기고 있었다.

카앙!

크랄의 무릎을 스친 검이 강철을 두드린 듯 카이드의 손에서 튕겨 나갔다.

반대로 크랄의 창은 카이드의 앞머리를 스쳤다. 몇 가닥 흘러내린 머리칼을 손끝으로 더듬으며 카이드가 뒤를 돌아보았다.

크랄이 자신만만한 표정으로 호탕하게 웃고 있었다.

"크하하하하! 악귀 대장이라는 놈이! 자신의 애병 하나 간수하지 못하고 떨어뜨리는 것이냐! 장수의 수치를 알 거라, 이놈!"

카이드는 묵묵히 검이 떨어진 곳으로 걸어갔다.

전장이라기엔 너무나 태평한 모습에 크랄이 미간을 찌푸렸다.

"어디다 한눈을……!"

갑자기 그의 몸이 한쪽으로 기울어졌다.

급하게 창을 지팡이처럼 내리찍어 의지한 크랄이 아래를 내려다보았다.

역동적이었던 근육이 새까맣게 갈라지고 있었다.

"……!"

짐승의 정령과 계약한 이후 그의 몸은 어지간한 강철보다 단단하게 변했다.

웬만한 정령력에는 흠집조차 나지 않는다. 그런데 고작 검 한 번 두드린 무릎에 괴사가 진행된단 말인가?

"쿨럭!"

무릎에서 가슴까지 새까만 선이 타고 오르자 크랄이 검게 죽은 피를 토했다.

"확실히 단단하더군. 해서, 날붙이의 경계도 떨어져 보였고."

눈에 보이는 공격이라면 크랄이 분명 몸을 사렸을 것이다.

하지만 이 내부충격술은 옅게 흐르는 힘을 타격 지점에 순간 집중시켜 체내의 맥을 끊어 버리는 '숨어 가는 검'이다.

정령령도, 속도도 부족해서 평범해 보이기만 한 검을 그대로 맞았다간 지금 크랄처럼 타격 지점부터 몸이 괴사하기 시작한다.

"비, 비겁한 놈! 독을…… 쿨럭!"

바르간타에서도 카이드 외엔 기술이 난해하여 쓰는 자가 없다.

최소한의 기운을 검에 순간 집중시킨 후 전신 세맥을 삽시간에 헤집어 버리는 원리를 듣게 된다면 크랄을 경악했을지도 모른다.

하지만 시신이 되어 버린 그에게서 더는 아무 말도 들을 수 없었다.

단 일 합이면 충분했다.

"정령석은?"

[챙겼습니다!]

"목적은 달성했다. 무의미한 충돌은 삼가토록."

[아…… 예!]

안개가 흩어지기도 전에 상황을 정리시킬 줄 몰랐는지

친위대의 목소리는 놀람과 기쁨이 뒤섞여 있었다.

카이드가 크랄의 목을 베어 내고 안개를 가로질렀다.

성가셔 보이는 정령술사들을 깔끔히 베어 버리니, 어느새 친위대가 기다리는 언덕에 도착했다.

9호가 어깨에 붕대를 감고 있었다.

"독인가?"

"송구합니다, 대장군!"

카이드가 고개를 저었다.

"여기까지 쉬지도 않고 달려왔다. 집중력이 흐트러졌겠지."

"아, 아닙니다!"

"크랄의 죽음이 곧 서쪽 전역에 전파된다. 9주의 경비는 지금보다 더 심해질 것이다. 하지만 아직 원하는 목표에 도달하지 못했다."

카이드가 9호와 친위대를 쳐다보았다.

"나를 따라올 수 있겠느냐."

친위대가 웃음을 흘렸다.

언제나 이런 식이다. 지칠 것 같은데도 위로의 말을 건네지 않는다.

각 부족에서 남다른 대접을 받고 자리온 친위대를 오히려 자극한다.

'응해 주지.'

'마지막까지 따라가고말고!'

물러서지 않는 카이드와 끝까지 함께한 덕분에 한계를 넘어 친위대에 이르렀다.

지친 기색을 내비쳐 그와 떨어지고 싶은 마음은 추호도 없다.

"괜한 말 묻지 마십시오."

"정령력이 회복되면 바로 움직이겠습니다."

카이드가 고개를 끄덕이며 언덕 아래를 내려다보았다.

소란스러운 성내를 둘러보는 눈길에 일말의 흔들림도 없다.

10주, 크랄을 단신으로 처리했음에도 여유가 넘치는 카이드의 끝은 어디일까.

친위대는 두려움과 향상심 그리고 경외를 담아 카이드를 바라본다.

그와 함께하는 전장은 결코 질 것 같지 않았다.

* * *

카이드와 친위대들은 9주협과 8주협을 빠르게 돌파했다.

지하 통로를 이용해 9주와 8주의 거처를 습격한다는 작전이 정면을 대비하던 적의 의표를 정확히 찌른 것이다.

카이드의 압도적인 검술은 서쪽 전역을 강타하기 시작했다.

그 이전부터 바르간타의 무쌍이라 불리던 카이드의 전

설을 반신반의하던 자들이 지금은 악귀 가면만 보아도 벌벌 떨었다.

향후 전쟁에서 이들에게 심어 놓은 공포는 승리를 위한 초석으로 다져질 수 있다.

"7주협입니다."

보름 만에 9주협과 8주협을 돌파하여 7주협에 다다랐다.

이곳은 다른 주협들보다 험한 산세를 끼고 있다.

지하 굴도 없거니와 안개를 통한 기습은 불가능하다.

'역시 이곳을 거점으로 삼아야 해.'

처음 목표로 잡았던 바르간타 거점 지역이 바로 이곳이다.

산세와 성이 맞물려 천혜의 요새로 탄생된 이곳이야말로 전술적으로 활용할 가치가 높다.

최대한 성에 손상을 입히지 않고 돌파해서 7주협의 목을 칠 방법을 떠올리고 있을 때였다.

"……!"

카이드의 시선이 성벽을 넘었다.

부족과 국경에서 느꼈던 호박색의 무언가.

그것보다 짙고 사악한 기운이 7주협 안에서 강하게 솟구쳤다.

* * *

"들켰군."

카이드의 덤덤한 목소리에 친위대들이 바짝 날을 세웠다.

"7주협 안에 우리 기척을 감지할 수 있는 상당한 실력자가 있다."

"7주, 바데스 말입니까?"

"아니. 그보다 기감이 넓은 것. 명부와 관련된 존재다."

카이드가 호박색 기운을 감지했을 때, 그것 또한 그들의 존재를 파악했다.

친위대에겐 저 성에서 넓게 퍼져 나오는 수상한 기운이 느껴지지 않았다.

오직, 카이드만 성을 넘어 안개처럼 흘러나오는 호박색의 아지랑이들을 볼 수 있었다.

쿠그그그궁!

성문이 열리며 상당한 정령술사들이 튀어나오기 시작했다.

그들은 정확히 카이드 일행이 위치한 산 중턱에 오르려 했다.

"돌파할 수단이 생겼군."

카이드는 오히려 이 상황을 기회로 여겼다.

"정령석은?"

"화염석을 대부분 남겨 뒀습니다."

카이드가 고개를 끄덕이며 검을 빼 들었다.

"10호."

"예!"

"선두의 추격자. 현혹시킬 수 있나?"
"물론이죠!"
스산한 기운이 검 끝에 맺혔다.
"저놈을 제외한 나머지를 모두 죽이고 옷을 갈아입어라. 그리고 성안에 들어서는 즉시 화염석을 사용한다."
"알겠습니다!"
카이드가 제일 먼저 산을 내려갔다.
한달음에 추격자 무리와 마주친 카이드가 손목을 부드럽게 휘저었다.
"악귀……!"
눈을 부릅뜬 상태로 추격자들의 목이 떨어져 내렸다. 뒤따른 친위대들이 정령술로 맞상대하자 산 곳곳에 굉음이 울려 퍼졌다.
"감히, 이곳이 어딘 줄 알고 그 더러운 발로 들어오느냐!"
추격자들의 대장으로 짐작되는 자가 대도를 크게 내리찍었다.
콰아아앙!
날이 지면에 닿기 무섭게 바윗덩어리들이 솟구치며 사방으로 비산했다.
대지의 정령술사.
그것도 몸을 돌덩이로 만들 수준의 실력을 자랑한다.
하지만 카이드의 검은 바위를 솜털처럼 부드럽게 갈랐다.

서걱!

"……!?"

대지술사의 2연격이 터져 나올 틈은 없었다.

바위를 베어 낸 기세가 그대로 그의 몸을 휩쓸었다.

순식간에 몸 곳곳을 점혈하자, 그는 대도를 들어 올린 채 굳었다.

카이드가 검을 회수하며 명했다.

"시작해."

10호가 마주친 손뼉을 활짝 펼쳐 그의 옆머리를 꾹 눌렀다.

요사스러운 기운이 머릿속에 스며들자 그는 흰 눈을 까뒤집고 손에서 대도를 놓쳤다.

그리고 잠시 후.

다시 갈색의 눈동자가 돌아온 그는 어딘가 멍해 보이는 모습으로 10호를 응시하고 있었다.

10호가 손바닥을 털어 내며 웃음기 섞인 목소리를 흘렸다.

"마음껏 가지고 노세요! 대장군!"

10호의 성취도 남다르다.

환혹의 정령과 계약을 맺은 그녀는 타인의 눈을 어지럽히는 정도의 환술사였으나, 전쟁을 거칠수록 '세뇌'와 같은 능력까지 확대되었다.

지금 저자는 10호가 풀어 주기 전까지 결코 현혹에서

벗어나지 못할 것이다.

"우리를 성안에 들여라."

"예."

그리고 일행은 죽은 자들의 옷을 덧입었다.

악귀 가면은 10호의 환술로 흐릿하게 만들어 타인에게 죽은 자의 얼굴처럼 보이게 만들었다.

"추격조는 성으로 귀환한다!"

카이드와 친위대를 자신의 추격조라 인식한 그가 다시 성으로 발길을 돌렸다.

* * *

성문을 통과하는 과정은 무척 손쉽게 진행되었다.

그는 익숙한 일상처럼 성안으로 들어와 말했다.

"악귀놈들을 토벌했으니 당장 7주께 보고해야겠다."

공을 이룬 것처럼 들뜬 표정의 그는 지독한 환술에 시달리고 있었다.

본인조차 현실과 허상의 경계를 파악하지 못하는 상황에서 아무 위화감 없이 성내를 돌아다닐 거라 생각했었다.

하지만 추격조장이 몇 걸음 떼기도 전에 사방에서 약탈자들이 밀려왔다.

그 중심에 호리호리한 체격의 긴 머리 사내가 있었다.

무쌍의 검 〈39〉

"7주! 제가 악귀 놈들을 죽였습니다!"

"얼간이."

사내, 바데스가 장검을 뽑아 들며 추격조장 뒤편의 카이드를 응시했다.

"하나, 용케 잘 데려왔구나."

"예……?"

그것이 추격조장의 마지막 목소리였다.

그의 목이 떨어지기 무섭게 약탈자들이 카이드와 친위대에게 무기를 겨눴다.

"기를 흐트러뜨려 최대한 추격조와 닮게 해 보았는데, 이것조차 안 되는 건가."

죽은 자들의 기운과 닮게 하려고 카이드가 손을 썼지만, 바데스는 이미 그들이 올 것을 기다리고 있었다.

성안.

저 높게 솟은 건물에서 이곳을 내려다보는 저자가 호박색의 주인이 분명했다.

그가 허상의 경계를 꿰뚫어 보았다.

"내 직접 답을 들어야겠다."

그 순간, 친위대를 감싼 카이드의 기가 사라졌다.

본래 친위대의 모습이 허상을 넘어 현실에 재현되자마자 그들은 품속의 화염석을 아낌없이 던졌다.

"어디서 얕은수를……!"

바데스의 폭풍이 화염석을 감싸기 전에 카이드의 검이

먼저 움직였다.

카앙!

바데스와 카이드가 맞부딪쳤고, 사방으로 퍼져 나간 화염석이 흉포한 울음을 토했다.

콰아아아앙!

성이 부서질 것 같은 굉음이 울려 퍼졌다.

매캐한 연기가 자욱하게 피어올라 천지를 구분하는 것조차 어려웠는데, 화염에 휩싸인 자들의 비명 소리가 어지럽게 나부낀다.

콰콰쾅!

친위대가 병사들을 헤집으며 성내로 나뉘어졌다.

새로운 정령석의 보급과 대군을 진격시키기에 용이한 사전 작업을 진행해 나간 것이다.

바데스는 적의 술수가 뻔히 보였지만 한 걸음도 떼지 못했다.

정령술을 키우려 할 때마다 카이드가 검에 힘을 더했고, 맥이 끊긴 것처럼 몸의 힘이 쭉 빠져나갔다.

이토록 낯선 검술을 바데스는 경험해 본 적이 없었다.

"이 밤에 본국을 급습하고도 네놈들의 나라가 무사할 것 같더냐!"

이를 악물며 완력으로 떨쳐 내기 무섭게 3개의 옅은 선이 목과 복부와 허벅지를 동시에 노렸다. 바데스가 뒤로 물러서며 짧은 틈에 폭풍을 일으켰다.

설령, 어느 각도에서 무엇이 날아오건 바람에 흩날리고 마는 방어의 수단.

 잠시나마 호흡을 가다듬을 요량이었지만 이는 바데스의 판단 착오였다.

 폭풍이 사방을 감싼 덕분에 몸을 보호할 수 있었지만, 역으로 그의 시야가 가로막힌 것이다.

 이 찰나를 놓칠 카이드가 아니었다.

 검 끝에 새까맣게 다듬어진 날이 새로 덧씌워졌다.

 밤하늘을 닮은 검이 날렵한 호를 그리며 폭풍을 반으로 갈랐다.

"……!"

 폭풍이 갈라지며 터져 나오는 압력에 일순 자세가 흐트러진 바데스.

 유려한 선이 넓게 뚫린 품을 훑고 지나갔다.

 철컥.

 검집에 검을 집어넣은 순간 바데스는 사지가 절단되어 쓰러졌다.

 감지 못한 두 눈에서 방금의 일격을 이해하지 못하는 감정들이 전해졌다.

"7주!"

 7주협의 또 다른 주인들인 원로들이 다급하게 뛰어온다.

 그들의 정령력을 훑어본 카이드는 향후 전쟁에서 위협

요소가 되지 않다고 판단하자, 미련 없이 우뚝 솟은 건물로 달려갔다.

"이놈! 악귀대장!"

카이드는 원로들의 정령력을 손바닥으로 가볍게 쳐 내며 순식간에 성내 중앙에 접어들었다. 곳곳에서 달려드는 경비들을 처리하며 주위를 둘러보았다.

콰아아앙!

친위대가 여덟 지점을 들쑤시고 있었다.

7주가 죽은 지금, 그들을 상대할 수 있는 실력자들은 고작해야 원로들뿐.

하지만 원로가 도착하기 전에 이 상황은 끝난다.

'저것만 파헤치면 돼.'

7주의 죽음에도 아랑곳하지 않고 사악한 기운을 흘려보내는 건물로 뛰어올랐다.

벽을 밟고 꼭대기에 치달으니, 바싹 마른 목내이 하나가 가부좌를 틀고 있었다.

생기라고는 전혀 보이지 않는 주름진 살결에 은은한 호박색의 실이 기어 다니는 중이었다.

"끌끌끌. 네놈이 소문의 악귀대장이렸다."

정령력은 단 하나도 느껴지지 않는다.

지금껏 만난 상대들보나 호박색의 기운도 옅다.

하지만 자꾸만 가슴 깊은 곳에 자리 잡은 무언가를 자극한다.

구역질이 나올 만큼 역겨워 단숨에 검을 뽑아 들었다.

"나와 같은 자들을 꽤 만났나 보구나. 전혀 놀라는 기색이 없어."

"얌전히 나를 따라온다면 목숨을 살려 주지."

"왜? 정령이 아닌 이 특별한 힘이 궁금한가?"

"얼마 남지 않은 목숨. 그나마도 연명하고 싶다면 입 다물고 따라오는 게 좋아."

"끌끌끌. 이보게. 자네야말로 정령과는 이질적인 힘을 지니고 있지 않나."

카이드의 속내를 들여다보는 듯 음흉한 눈초리.

"그건 마치 죽은 자가 가호를 내리는 것 같군. 오오, 맞아! 아주 소중한 것이 자네 곁에 머물러 있어! 그 어떤 정령보다도 강하고! 성스럽고! 고귀하며! 위대한 것이 자네에게 힘을 내리고 있으니! 7주 같은 정령술사는 티끌도 미치지 못하지!"

호박색 팔을 베어 냈을 때, 그것이 정상으로 돌아가는 모습을 봤었다.

연구를 위해선 죽이지 말아야 한다.

타협의 여지가 없다면 사지를 베어 갈라, 숨만 붙여 놓고 바르간타에 끌고 간다.

"죽은 자를 그리워하는 점에서 우리는 동포와 마찬가지야. 내가 자네에게 기회를 주겠네. 죽은 자를 살리고 싶지 않나?"

그때, 목내이의 호박색 선들이 지면에 흡수되었다.

"명부는 곁에 있으니 생과 사는 반전되어 이 땅에 도원향을 그릴 것이네!"

수수께끼 같은 말이 진언처럼 바람에 실렸다.

카이드가 한달음에 거리를 좁히며 네 번의 검결을 그렸다.

서걱!

목내이의 팔과 다리가 잘렸다. 몸통만 남은 그가 바닥을 뒹굴었다. 하지만 카이드는 미간을 찌푸렸다.

피가 한 방울도 흘러나오지 않았다.

"하하하하하! 자네가 온다는 소문은 익히 들었지! 우리와 함께하세나, 악귀 대장!"

목내이가 썩어 문드러져 재로 화했다.

그와 동시에 꼭대기로 악취를 풍기는 사악한 것들이 밀려들었다.

"……."

카이드는 어떤 말도 꺼내지 못했다.

생전 처음 보는 괴이한 광경이 눈앞에 펼쳐지고 있었다.

방금 전, 그와 친위대에게 죽었던 자들이 흰자위를 드러내며 다시 살아 움직인 것이다.

콰아아아아!

꼭대기에 불어 닥친 바람을 쳐 내며 동쪽으로 시선을 돌렸다.

사지가 호박색 실에 엮여 달라붙은 상태로 죽은 바데스가 검을 들고 있었다.

심지어 그는 생전보다 더욱 강한 정령력을 두르고 섬세한 폭풍을 휘날렸다.

쾅!

카이드가 뒤로 반보 물러남과 동시에, 사방에 검결을 그렸다.

칠흑의 검기가 죽은 자들의 목을 갈랐으나, 호박색 선이 튀어나와 다시 몸에 붙였다.

그리고 그들은 더욱 빨라졌다.

몸은 바위처럼 단단해지는데, 팔은 연체동물처럼 유연해진다.

상식적으로 이해할 수 없는 일들이 꼭대기를 넘어 성전역에 퍼져 나갔다.

카앙!

바데스와 검을 맞부딪치며 카이드가 주위를 힐끔거렸다.

'원리를 알 수 없으나, 언제까지 이것들이 살아 움직일지 예측이 불가능하다. 소모전은 좋을 것이 없어.'

그 목내이를 찾아야 한다.

분명, 본체가 이곳 어딘가에 숨어 있을 것이다.

하지만 아무리 기감을 돋워도 목내이는 느껴지지 않는다.

'내 힘이 명부와 닮았다고 했었나.'

전혀 다른 기운.

그럼에도 공통적인 요소가 있다면……

"후우."

카이드는 오랜만에 그의 수호령을 일깨웠다.

정령보다 이질적이고, 족장들이 파악하지 못하였으며, 태어났을 때부터 줄곧 함께해 온 그의 가호.

순간, 세계가 검게 물들었다.

밤하늘보다도 어두운 공간.

사방이 온통 칠흑의 호수로 뒤덮인 그곳에 달빛처럼 빛나는 나무가 있었다.

새까만 머릿결을 늘어뜨리며 새하얀 얼굴을 드러낸 카이드의 수호령은 언제나처럼 미소 지으며 손가락으로 가리켰다.

카이드의 발밑을.

쾅!

바데스를 떨쳐 내자 세상이 다시 밤하늘로 되돌아왔다.

수호령이 사라진 공간.

하지만 수호령이 남긴 뜻은 지금 명확해져 가고 있다.

콰아아아아앙!

새까만 검을 발아래에 내리찍었다.

꼭대기부터 지면에 이르기까지 건물이 무너져 내렸지만, 카이드의 기세는 멈추지 않았다.

끝내 지하에 다다른 카이드는 악취로 가득 찬 공간을

마주하며 인상을 찌푸렸다.

성만큼이나 넓은 공간이었고, 온통 시체로 가득했다.

그 너머에 호박색 문양을 번뜩이는 구릿빛 피부의 중년인이 가부좌를 틀고 있었다.

그가 눈을 반개하며 흐릿한 미소를 머금는다.

"명부의 사신조차 어쩌지 못하니, 너야말로 왕의 그릇을 타고났다."

꼭대기에 있던 목내이가 분명하다.

"너를 한낱 재료로 쓸 수밖에 없는 이 현실이 애석하구나."

사방의 시체가 몸을 일으켰다.

구더기와 역겨움이 호박색에 섞여 흘러내리는 그것들에게 카이드는 덤덤히 검을 겨눴다.

"그 목은 붙여서 데려가겠다."

중년인이 씨익 웃자 시체가 일제히 카이드에게 달려들었다.

빠져나갈 곳 없는 시체 한복판에서 카이드의 검이 칠흑의 초승달을 그렸다.

* * *

검은 초승달이 시체 무리를 반으로 가르며 중년인에게 쇄도했다.

중년인이 씨익 웃으며 손가락을 까딱이자 초승달이 눈앞에서 안개처럼 흩어졌다.

'정령력은 추호도 없군.'

한데, 호박색 기운이 실처럼 흘러나오자 시체의 몸이 다시 하나로 합쳐졌다.

'죽은 자를 꼭두각시로 부리는 건가. 아니면, 정말 죽은 자들이 살아 돌아오는 건가.'

괴현상을 깊이 탐구할 여유가 없었다.

주어진 상황에 최선의 대응을 준비할 뿐이다.

카아아아—!

파도처럼 밀려오는 인파에 도망칠 곳은 없다.

그렇다고 전부 베어 버리자니 계속해서 재생한다는 점이 걸린다.

무분별한 힘 싸움은 카이드에게 불리하다.

남은 방법은 하나다.

우우웅!

카이드가 새까만 검을 누이며 자세를 낮췄다.

검 끝은 인파의 중앙, 눈은 그 너머를 향하고, 발끝에 수호령의 기운이 응축된 순간.

쾅!

검은 섬광이 시체의 산을 한 점에 꿰뚫었다.

날 서린 기세는 탄력을 받아 중년인 목덜미까지 향하였다.

한데, 열 걸음을 앞에 둔 순간 카이드의 예기가 흔들리기 시작했다.

카앙!

어느새 다시 본래의 자태로 돌아온 검은 중년인의 호박색 손에 가로막혔다.

'이게 제일 큰 문제다.'

카이드는 미련 없이 중년인에게서 떨어졌다. 시체가 달려오기 전까지 방금 일어난 괴현상을 빠르게 정리해 나갔다.

'저 근처에만 다가가면 내 수호령이 힘을 잃는다. 분명 엇비슷한 부분이 있다고 보는데 왜 자꾸만 기가 흐트러지는 걸까. 다른 호박색의 소유자들은 내게 이런 영향을 끼치지 못했는데, 왜 저 녀석만……'

수호령이 통하지 않았다면 중년인 또한 기를 흐트러뜨리는 방식을 취하지 않았을 것이다.

수호령을 위협적이라 여기기에 중년인도 방비하고 있다.

그 사실이 중요하다.

이 검이 저 목에 닿을 수 있다면 다른 방식으로 기회를 만들어야 한다.

'……벽이 세워진 것 같군. 다른 자들의 기운을 일체 차단하는 특별한 무언가가 있어. 그럼 같은 기운으로 부딪쳐서 상쇄시키면 어떨까.'

카이드가 가볍게 심호흡하며 기운을 끌어올렸다.

그리고 방금 전보다 한 발짝 느린 속도로 움직였다.

시체들은 물 만난 고기처럼 카이드를 따라붙었다.

왠지 도망자가 된 기분이었다.

공간을 빼곡하게 채우는 시체들이 흉흉한 이를 드러내며 달려드는 모습은 썩 유쾌하지 않았다. 그리고 그건 중년인 또한 마찬가지일 것이다.

"……?"

중년인이 처음으로 손을 풀고 자리에서 일어났다.

카이드가 시체를 이끌고 자신에게 달려오는 모습을 예삿일처럼 보지 않았다.

'알고 있어도 막지 못한다.'

이대로 시체가 중년인을 덮친다면 벽처럼 세워진 무언가를 무너뜨릴 수 있다.

같은 계열의 기운과 더불어 공간에 가득 찬 인력까지 더해졌기 때문이다.

이것을 막고자 기운을 해제한다면 그 또한 바람직하다.

시체는 축 늘어질 것이고, 한순간 열린 틈으로 검을 꽂으면 그만이다.

사면초가라는 말이 딱 어울리는 상황에서 중년인이 씨익 웃었다.

"네놈늘은 항상 그리 오만하지! 무기가 없다고 병기술 하나 사용치 못할 성싶더냐!"

그 순간, 중년인의 눈에 호박색 기운이 아른거렸다.

이윽고 쌍수가 호박색에 물든 그는 메마른 몸이라고 생각하기 어려운 속도로 양팔을 휘둘렀다.

기운을 풀지 않고 오히려 시체와 함께 카이드를 맞닥뜨리는 길을 선택한 것이다.

"한데, 나와 나란히 붙으면 정령력도 못 쓰는 네놈이 뭘 할 수 있지?"

기운이 여전히 흐트러지는 상황에서 시체가 도달하기 전에 먼저 카이드를 사악한 기운으로 친다면, 날붙이 하나만 가진 인간의 몸으로 저항하기란 불가능에 가까웠다.

평범한 정령술사라면 말이다.

카앙!

양팔과 검이 맞부딪쳤을 때, 중년인의 눈동자가 흔들렸다.

자신이 오히려 두 발짝 밀려났기 때문이다.

'이런 괴력이 나온다고? 아무것도 두르지 못한 녀석이?'

여전히 카이드는 검에 기운 하나 실지 못했다. 한데도, 검은 몹시 빠르고 유려하여 눈에 담지 못한다.

카카카캉!

다섯 번의 합을 주고받은 뒤에야 중년인은 깨달았다.

"네놈 설마……!"

카이드가 수호령의 기운을 체내에서 터트리고 있다.

순간적으로 터져 나오는 반발력이 신체 능력을 강화시킨다.

'체외로 흘려보낸 기운만 흐트러뜨리는 방식이었나.'

카이드도 중년인의 능력을 대략 파악해 나가고 있었다.

검에 두른 기운은 흩어졌으나, 체내에 격발시키는 기운은 중년인도 손을 쓰지 못한다.

차이는 단 하나.

흘려보낸 기운에 간섭할 수 있는가의 여부.

즉, 중년인의 기운은 외부에 형체를 띤 것들만 간섭한다는 뜻이다.

체내에 주도권을 꽉 잡고 있는 상황에선 중년인이 직접 기운을 침투시키는 게 아닌 이상 카이드의 의지를 벗어나지 않는다.

그리고 이 하나의 공격 수단이 생긴 덕분에 카이드는 즉흥적으로 떠올린 계획을 성공시켰다.

콰아아아앙!

중년인과 카이드의 머리 위에서 무수한 시체들이 쏟아져 내렸다.

시체들의 사악한 기운이 중년인과 맞부딪치며 깨져 나갔다.

카이드의 기운을 흐트러뜨렸던 감춰진 무언가가 모습을 드러냈다.

콰콰콰쾅!

호박색의 기운이 어른거리는 선이었다.

지금껏 투명했던 선들이 동류의 기운과 맞부딪치며

자극받아 형태를 선보였다.

쿵!

그 즉시 카이드는 체내에 순환시켰던 기운을 외부로 격발시켰다.

사방에 어지럽게 꼬인 실들을 피하여 새까맣게 변한 검을 휘두르니, 중년인의 양 손목이 잘려 나갔다.

비명조차 지르지 않는 중년인은 급히 거리를 띄우려 하였으나, 카이드는 한 번 문 먹잇감을 절대 놓치지 않는다.

서걱!

허공에서 터져 나온 또 한 번의 기운이 카이드를 가속시켰다.

서걱!

중년인의 양 다리가 잘리고 난 뒤에야 소리가 들렸다.

카이드는 무심히 뒤를 돌아보았다.

양 손목과 다리가 잘린 중년인이 바닥에 널브러지자, 어지럽게 꼬였던 호박색 선이 사라지고 시체들은 안식에 빠져들었다.

"너희 약탈자들이 대체 무엇을 숨기고 있는지 낱낱이 살펴보겠다."

"어림도 없……!"

카이드의 검 끝이 중년인의 몸 곳곳을 두드렸다.

중년인이 얼어붙은 것처럼 입도 벙긋 못했다.

출혈까지 잡히자 카이드가 중년인을 옷자락에 감았다.

"네놈 몸의 흐름으로 조작했으니, 내가 허락하기 전까진 결코 죽지도 못할 것이다."

눈을 부릅뜨는 중년인을 어깨에 걸치고 카이드는 7주협을 빠져나갔다.

* * *

6주협으로 들어가는 선택을 포기했다.

거점 지역에 사전 작업을 철저히 해 놓은 데다가 호박색의 무언가를 잘 다루는 중요한 약탈자를 확보했기 때문이다.

카이드는 친위대와 약탈자 무리를 벗어났다.

본국에 귀환하니, 많은 부족장들이 기다리고 있었다.

다들 1호의 설명을 들은 듯했다.

왕이 카이드가 내려놓은 중년인을 가리켰다.

"이 포로는 무엇인가?"

"아뢰옵기 송구하오나, 죽은 자를 조종하는 자이옵니다."

"죽은 자를 조종해?"

"소신이 이전에 바친 호박색 보석. 그것과 같은 힘을 쓰는 자이니, 소상히 조사하여 아뢰겠나이다."

왕이 고개를 끄덕였다.

"한데, 몇 주까지 돌파하였느냐."
"7주협이옵니다."
"출정의 시기가 다가왔구나."
왕이 엄숙한 표정으로 만인에게 고했다.
"대장군의 조사가 끝나는 대로 서쪽에 출병하겠다! 대장군은 반드시 바르간타에 승리를 가져오거라!"
카이드가 무릎 꿇고 왕의 검을 받들었다.
"필히 바르간타의 명예를 바치겠나이다!"
보름 후 출정 날짜가 잡혔다.
약탈자들이 카이드가 사라졌다며 안심하고 있을 때, 국경부터 빠르게 몰락시킬 날이었다.
그전까지 카이드는 수상한 기운을 조사했다.
어떤 원리로 정령력이 아닌 이질적인 힘이 죽은 자를 부리고, 정령력을 흐트러뜨리는지에 대하여 왕국 최고의 고문관까지 동원해서 낱낱이 살펴보았다.
열흘이 흘렀다.
피와 살점이 역겨운 악취를 내뿜는 고문실에서 중년인이 씨익 웃었다.
"끌끌끌, 우리가 누구인지 알고 싶다고?"
다 죽어 가는 낯빛에서 묘한 위화감을 받았다.
"우리는 명부의 자손이니라. 사신이 나의 형제이며, 왕이 이곳에 흐르는 망자들을 어루만지니! 너희 정령을 신봉하는 어리석은 인간들아! 하계에 얽매인 너희의 무지

함이 너희의 나라와 가족과 소중한 것들을 갉아먹고 이 땅에 진정한 왕을 일깨우리라!"

고문관이 쇠꼬챙이를 들려 하자 카이드가 손을 뻗어 가로막고 대신 불에 달군 인두를 들어 올렸다.

직접 인두를 중년인의 가슴에 지졌으나 그는 비명 하나 내지르지 않았다.

카이드 또한 표정 하나 바꾸지 않고 중년인에게 물었다.

"너는 너희의 왕을 부정하는 것이냐."

"클클클, 서쪽엔 왕이 없다. 오래도록 신음하는 가여운 족장들이 모여 있을 뿐이지."

"삿된 생각을 거둔다면, 바르간타에서 귀히 여겨 주마."

"네놈들은 네놈들이야말로 이 세상의 패자가 될 거라 자부하는가?"

중년인이 피눈물을 흘리며 외쳤다.

"아니! 나는 보았다! 내 눈엔 보인다! 나라를 잃고 절규하는 네놈의 모습이! 신들의 나라가 허물어지고 온 세상이 황금에 물드는 그 아름다운 날들이!"

카이드가 인두를 버리고 검을 뽑았다.

중년인은 아랑곳하지 않고 카이드에게 피를 토했다.

"세계의 왕은 처음부터 정해져 있었다! 명부를 관장하는 우리의 죽음이 곧 너희를 지배할 것이다! 두 손 들어 받들어라! 우매한 바르간타의……!"

서걱!

중년인의 목이 떨어져 내리자 고문관이 당황하는 표정으로 카이드를 보았다.

카이드는 검을 고문관에게 넘기며 무심히 말했다.

"곧 출정식이다. 답을 내리지 않는 어리석은 놈과 말씨름할 순 없어."

"하, 하지만 중요한 인질이라 하지 않으셨습니까."

"인질도 인질 나름이지. 얼마 살지 못할 놈이었다. 본인도 그걸 알더군. 그러니 이 고문을 당하면서도 입을 열지 않은 거겠지."

중년인에게선 충성심보다 지독한 신앙심이 엿보였다.

그는 오히려 죽음이 자신을 구원해 주는 수단이라고 여겼다.

그러니 숱한 고문에서도 웃으며 입을 다문 것이리라.

"정보는 어찌하십니까?"

"몇 가지 찾아냈다. 하니, 너 또한 미련을 갖지 말고 고문실을 다시 정비하거라. 이놈과 똑같은 약탈자가 보이는 대로 잡아 올 것이다."

"아! 알겠습니다!"

고개를 꾸벅 숙이는 고문관을 뒤로하고 카이드는 고문실을 떠났다.

서재에 돌아오니 1호가 정리해 둔 자료가 놓여 있었다.

명부에 관하여······.

동쪽의 나라가 합쳐지기 전에 모든 족장들이 존경해 마지않았던 대정령사가 있었다. 그는 태초부터 이어져 내려온 역사를 기억하는 현자라고도 불리었다.
그의 서재는 지금 카이드가 물려받았다. 오래된 전승을 조사하기엔 딱 알맞았고, 1호가 대신 명부와 관련된 것들을 찾아낸 듯했다.

일찍이 세상엔 생을 다루는 신과 죽음을 관장하는 명부가 있었습니다.
명부의 왕은 영혼을 다스린다 하였으며, 그의 눈과 손과 발은 황금에 젖어 들었다고 합니다.
하여, 눈은 영혼을 바라보고, 영혼을 지배하며.
손은 영혼을 퍼트려 생과 사를 역전시키고.
발은 생이 깃든 자리를 모두 거둔다고 알려졌습니다.
이를 명왕의 세 권능이라 칭했고 서쪽의 오래된 부족이 이를 숭상해 왔다고 합니다.

카이드는 길게 이어진 보고를 하나도 빠짐없이 머리에 담았다.
대부분 오래된 전승이었지만, 중년인을 비롯해 성벽에서 자신에게 손을 겨누던 사악한 기운의 사용자들과 겹

쳐 보니 언뜻 공감되는 내용들도 있었다.

"이런 자들이 군을 유린한다면 어떻게 대처해야 할까……."

뜬구름 잡는 소문이 아니라 직접 펼쳐진 현실이다.

정령력을 거스르는 명부의 힘에 대처할 방법을 구상하며 카이드가 눈을 감았다.

출정을 앞둔 전날까지 고민이 깊어져 갔다.

* * *

"바르간타에 영광을!"

예정된 날이 찾아왔다.

언제까지 고민에 젖어 출정을 미룰 순 없었다.

카이드는 임시방편으로 생각한 전술을 각 친위대에 전달했다.

친위대는 다시 각 부대장들과 공유했고, 모든 상황에 대처할 최선의 작전을 생각했다.

그리고 바르간타는 서쪽으로 진군했다.

남쪽과 북쪽의 나라가 오기 전에 서쪽 국경을 두들겼다.

콰콰콰콰쾅!

카이드가 사라졌다고 안심했던 서쪽은 그가 일전에 심어 두었던 장치를 간파하지 못하고 허무하게 스러져 갔다.

7주협까지 파죽지세로 밀고 나가니 약탈자들이 주춤하

거나 도망치기 시작했다.

어설프게 왕국을 흉내 낸 집단을 무너뜨리는 건 매우 손쉬운 일이었다.

출세를 보장하고, 안전을 약속하며 그들의 결속을 무너뜨려 나갔다.

카이드의 진군이 약탈자들의 수도.

1주협까지 뻗어 나간 날이었다.

몹시도 달이 창백했던 어느 시린 저녁.

카이드는 낯선 청년과 마주했다.

똑같이 장검을 든 청년은 1주협의 군사를 이끌고 카이드와 맞서 싸웠다.

숫적 열세와 더불어 정령술사마저 열악했던 약탈자들의 전멸이 예상되었다.

하지만 청년과 맞부딪쳤을 때, 카이드는 전율하고 말았다.

"초월자의 혼을 타고난 자가 네놈인가."

검과 기운이 함께 찍어 눌린 건 무쌍의 칭호를 달고 난 이후에 처음이었다.

아니, 그것을 단순히 밀렸다는 말로 포장하기란 어려웠다.

그건 마치 카이드의 수호령이 상대에게 빨려 들어가는 듯한 오싹한 느낌.

자신이 다뤄 온 모든 것들이 그 사람에게 지배당하는

역겨운 기분이었다.
 서걱!
 한 수를 교환하며 두 사람이 떨어졌다.
 카이드의 왼쪽 소맷자락이 갈라졌고, 청년의 앞머리가 잘려 나갔다.
 그리고 카이드는 보았다.
 호박색으로 일렁이는 청년의 사이한 눈동자를.
 "하나, 아직 껍질을 벗지 못하였군."
 청년이 검을 들어 올리자, 일대의 모든 기운이 그 안으로 빨려 들어갔다.
 그건 카이드가 일찍이 경험해 보지 못한 다른 차원의 힘이었다.

* * *

 "……!"
 페르노크가 눈을 부릅뜨며 상체를 일으켰다.
 황급히 들어 올린 손에서 익숙한 느낌이 난다.
 과거, 무쌍이라 불리던 자신의 육신이 현생에 동질화되어 있다.
 그 때문인가.
 청년과 마주했던 순간이 오래된 기억으로 아직 각인되어 있다.

그 때, 자신을 억눌렀던 불가사의한 힘은 죽고 나서 깨달았다.

영력.

놀랍게도 페르노크 이전에 살아생전 영력을 다루는 자가 있었다.

하지만 그는 재앙이 몰아치던 날 확실히 죽였다.

자신이 죽인 상대에게 미련을 두지 않는 성미이건만 왜 그날의 기억이 떠오르는 건지…….

페르노크가 악몽을 떨치려는 듯 식은땀을 훔치며 기억을 갈무리했다.

완전동질화가 마무리되며 눈앞에 특별함이 떠오른다.

동화율 – 91%.

* * *

단순히 키마이오스의 심장에서 영력을 추출했기 때문만은 아니다.

페르노크는 마지막 순간을 떠올렸다.

걷잡을 수 없이 불어난 영력이 세상을 환하게 뒤덮던 그날을.

'그것 때문이었군.'

치솟는 망자들의 영력 속엔 마도사들의 순도 높은 마력

까지 포함되어 있었다. 게다가 마르도의 영력까지 삼켰으니 동화율이 급상승하는 건 당연한 수순이었다.

페르노크가 주먹을 말아 쥐었다.

동화율이 90프로를 넘은 순간, 육신은 완전동질화에 접어든다.

그가 기억하는 최강의 육신을 현실에 덧씌워 과거의 영광을 재현한다.

이 순간 섭리에 반하였던 육신과 영혼은 본래 하나였던 것처럼 재정립된다.

페르노크는 모든 것이 친숙해지는 지금의 환희를 마음껏 만끽했다.

우우웅!

손가락에 반지 형태로 돌아간 아티펙트도 기뻐하고 있었다.

마침내 마지막 3차 각성에 이른 것이다.

페르노크가 아티펙트를 검의 형태로 되돌렸다.

과거 자신이 사용했던 무쌍을 완벽히 재현한 검을 움켜쥐니, 전장에 들어선 것처럼 뜨거운 열기가 몸 안을 배회하는 듯했다.

페르노크가 아티펙트에 영력을 불어넣었다.

모든 감각이 개방되어 더 퍼스트의 마지막 힘을 해방한다.

증폭.

순환 연동.
전신무기화.
그리고.

초월.

기사왕이 무너져 가는 나라를 지키기 위해 끌어낸 더 퍼스트의 마지막 형태.

지금까지 더 퍼스트가 모든 힘을 증폭시켜 해방해 나가는 방식이었다면, 초월은 모든 힘을 끝없이 응축시키는 정적 에너지다.

이는 인간의 영역으론 도저히 불가능한 단계까지 더 퍼스트가 도맡아서 힘을 물방울보다 작게 응축시키므로, 본신의 힘이 무한한 페르노크에게 가장 훌륭한 수단이라고 할 수 있다.

무엇보다 터져 나가는 것이 아닌 모으는 힘의 진가는 상대가 이것의 위력이 어느 정도인지 예측하기 어렵다는 점이다.

기사왕과 공멸한 재앙조차 물방울보다 작게 뭉친 초월이 자신의 몸을 관통한 것으로 모자라 전신을 먼지로 화하게 할 줄 선혀 몰랐으니까.

감이 좋은 자들은 초월의 비상식적인 응축 방식에 위험을 느낀다.

그리고 막아서다가 죽는다.

초월로 응축된 힘은 소리보다 빠르며 정도에 따라 무엇이든 부숴 버릴 수 있다.

초월을 이길 방법은 두 가지다.

영력같이 초월보다 높은 등급의 힘으로 찍어 누르거나, 동급의 힘을 맞받아쳐 상쇄시키는 것.

기사왕은 초월로 한계까지 힘을 응축시켰으나 재앙의 강대한 힘이 이와 동수를 이뤄 공멸하고 말았다.

하지만 페르노크는 이 단점들을 상쇄시킬 방법이 있다.

영력.

가장 높은 등급의 힘을 육신의 한계까지 불어넣어 압도적인 힘으로 쓸어버린다.

성장한 자신의 힘을 견딜 무기가 필요했던 페르노크에겐 완전 각성을 이룬 더 퍼스트야말로 최고의 파트너였다.

"후우우."

깊이 심호흡하며 아티펙트에 어린 기운을 거뒀다.

초월과 동화율을 시험해 보고 싶었지만 이곳은 알맞은 장소가 아니다.

주위를 둘러본 페르노크는 이곳이 부유성 내, 자신의 거처임을 깨달았다.

창 밖 너머로 익숙한 얼굴들이 돌아다니는 중이었고 성벽 너머에 성황국의 깃발이 휘날리고 있었다.

'수리 중인가.'

마지막 기억을 더듬었다.

분명, 영력에 부유성 일부가 훼손되었던 장면이 떠오른다.

라키스 국경 부근에 추락하여 결계까지 펼쳤건만 영력에 휩쓸린 대가로 부유성 곳곳이 파손된 상태였다.

언뜻 보아도 단시간에 수리가 끝날 것 같지 않았다.

문제는 라키스 쪽인데…….

"……."

……국경이 있던 터가 광활한 황무지로 뒤바뀌었다. 더는 누구도 그곳을 라키스의 국경이라 보지 않을 것이다.

위협이 사라졌기 때문일까.

성황국은 계속 부유성을 힐끔거리고, 일부는 이미 성에 들어온 상태였다.

페르노크가 방 문 앞에 도착한 인기척을 느꼈다.

"들어와도 좋다."

문이 열리고 면포 없는 아름다운 얼굴의 아리샤가 들어왔다.

그녀는 페르노크를 보자마자 얼굴에 옅은 홍조를 띠우며 살포시 미소 지었다.

"심상치 않은 파장이 느껴졌는데, 역시 깨어나셨군요."

"얼마나 잠들어 있던 거지?"

"일주일입니다."

페르노크가 설명을 바라는 눈으로 아리샤를 지그시 바

라보았다.

"일주일 전, 왕께선 성스러운 광채를 두르시고 이 땅을 평온케 하셨죠."

"광채?"

"예. 왕께서 사용하신 하얀빛 말입니다."

페르노크가 고개를 갸웃했다.

왠지 모르게 아리샤가 자신을 대하는 태도가 미묘하게 달라졌다고 생각했기 때문이다.

이전에는 유능한 인재를 바라보는 사무적인 모습이었다면 지금은 보다 친밀해지고 싶어 하는 마음이 목소리에 묻어 나오는 것처럼 느껴진다.

갑자기 일어나 상황 보고를 받기 때문에 아직 잠이 덜 깨서인지도 모른다고 생각하며 귀를 기울였다.

"빛이 세상을 뒤덮는 광경은 성배보다도 웅장하여 신이 지상에 신탁을 내리는 것과도 같았죠! 엄벌의 대가는 가혹했습니다! 라키스는 본대를 포함해 국경까지 전멸하였고, 적의 마도사 무리들은 흔적도 없이 사라졌습니다."

"크리스는? 분명 마르도가 탈출시켰던 걸로 기억하는데?"

"일주일 동안 인근을 샅샅이 뒤졌으나 크리스를 찾진 못했습니다. 하지만 왕께서 계신데 뭐가 두려울까요."

아리샤는 생각보다 냉정히 페르노크를 평가하고 있었다.

S3 마도사인 그녀조차 페르노크가 힘을 드러내지 않는다면 눈앞에 평범한 사람이 있다고 착각할 정도였다.

동화율 90프로를 넘긴 페르노크는 크리스가 사지를 붙여 나타난다 해도 승리를 장담할 위치까지 올라섰다.

"그래서 상황은 어떻게 된 거야?"

"이곳을 수습하며 각지의 보고를 받았습니다. 해안가는 완벽히 정복했고, 라키스의 세 성을 플레미르와 루트밀라 공작이 점령했습니다. 또한 바르간타로 진격하던 타이르 왕국군은 살라반 왕에게 가로막혔습니다."

"살라반은 이곳에 합류했나?"

"아뇨. 바르간타 국경군과 타이르로 진격했습니다."

페르노크가 고개를 끄덕였다.

처음부터 그렇게 하라고 얘기를 맞춰놨기 때문이다.

타이르가 왕국군만으로 바르간타를 점령하긴 어려운 상황이었다. 바르간타 또한 국경군만으로 타이르에 보복하기엔 현실적으로 불가능했다.

하지만 타이르와 대치하는 것만으로 후방에 불안 요소가 생긴 것은 사실이다.

따라서 이를 해결하기 위해 살라반을 동원했다.

타이르 왕국군의 침공을 빌미로 바르간타 국경군과 합세하여 그대로 타이르를 정복하라 일렀다.

살라반은 다행히 다른 마음을 품진 않은 것 같았다.

혹시라도 타이르 쪽에 붙어 바르간타를 친다는 불길한

생각이 머리에서 걷히는 느낌이다.

"그리고 바르간타 본대의 참모가 군사 5천을 끌고 타이르로 간다고 하더군요. 왕께서 깨어나면 전해 달라고 부탁했습니다."

좋은 판단이다.

타이르의 몰락은 예정된 수순이다.

이제부턴 점유권 분쟁이다.

리오라면 살라반에게서 타이르의 알짜배기들을 가져올 수 있을 것이다.

"다른 분들도 이틀 안에 이곳에 도착한다고 했습니다."

"거점을 버리고? 지금은 나를 신경 쓸 때가 아니야."

"왕이 걱정되는 것도 있지만 중요한 문제가 남아 있어서요."

"혹 전황이 불리하게 돌아가는가?"

"아닙니다."

그 순간 아리샤의 얼굴에 슬픈 빛이 어렸다.

"성황께서 돌아가셨습니다."

"……성황국에 있는 성황이 죽었다고?"

아리샤가 고개를 저었다.

"성황께서는 처음부터 이 전장에 함께하고 계셨습니다."

"우리에게 그런 말은 없지 않았나."

"성황께서 기밀을 요구하셨습니다."

"어째서?"

"라키스의 패황이 어떻게 움직일지 모르니, 자신이 직접 막아야 한다고 하셨죠. 저는 불길한 예측에 불과하길 바랐으나, 성황님의 예측은 사실로 드러났습니다. 패황은 전쟁이 시작됨과 동시에 13작들을 이끌고 전장을 우회하여 바르간타로 향하고 있었습니다."

"……!"

"그 길목을 성황께서 막으셨고, 본국의 보물을 사용해 패황을 죽이려 하였죠. 하지만……."

아리샤가 입을 다물고 고개를 저었다.

"……생존자가 이곳에 합류해 상황을 설명해 줬습니다."

"성황의 시신은?"

"모르겠습니다. 생존자는 패황이 성황을 죽였다는 것만 봤다고 했습니다."

"그래서 이곳에 병력이 묶여 있던 건가."

"예. 혹시 성황께서 살아 계실지 모르니 신관들을 파견해야 했습니다. 그리고 왕께서 잠들었다는 말이 들린다면 패황이 이곳에 직접 군사를 이끌 가능성이 높았습니다. 진지를 구축하고 만약의 사태를 대비해야 했죠."

페르노그가 무거운 얼굴로 위로를 드러냈다.

"성황의 일은 유감이군. 그 탁월한 안목에 경의를 표하며 바르간타가 할 수 있는 모든 걸 동원해 성황국을 돕겠다."

"처음부터 모두가 죽을 수도 있는 전쟁이었습니다. 다들 각오했고 지금은 새로운 국면을 맞이하려 하죠. 전황을 다듬기 위한 회의로 각 전선에서 사람을 불러 모았으니 노여워 마십시오."

"나쁜 판단은 아니다. 다만, 성황의 공백이 우려되는군."

"제가 임시 성황으로 발탁되었습니다. 전쟁이 끝날 때까진 제가 성황국의 모든 것을 일임받아 움직이겠습니다."

이유야 어찌 됐건 성황의 죽음으로 바르간타 패황의 기습에서 벗어날 수 있었다.

최소한의 예를 표하는 것이 맞다고 여겼다.

"혹 지금 당장 바르간타에 필요한 것은 없는가? 원한다면 라키스의 해안가를 성황국에 줄 수 있다."

"후후, 각 나라가 정복한 땅은 그 나라에 귀속된다고 처음부터 약속하지 않았습니까. 괜한 신경 쓰지 마십시오."

"하지만……."

"정 마음이 불편하시다면 한 가지 여쭈어도 되겠습니까."

"……뭐지?"

아리샤가 한 걸음 더 가까이 다가왔다.

슬픈 빛이 사라진 얼굴에 아름다운 눈망울이 일렁인다.

"도대체 그것은 뭐였습니까? 크리스 공작이 손도 쓰지

못하고 무력하게 패한 모습을 저는 처음 보았습니다. 대체 그것이 무엇이기에 지금까지 감추고 계셨던 겁니까?"

영력.

아무래도 아리샤는 초월적인 힘에 깊은 감명을 받은 듯했다.

자신도 그런 힘을 사용하고 싶다는 열망이 언뜻 보였으나 불가능한 일이다.

과거 호박색의 눈을 가졌던 그 청년처럼 생사의 경계를 넘어서지 못한다면 생자가 영력을 느끼고 온전히 조작할 방법은 존재하지 않는다.

"나는 줄곧 그 힘을 사용해 왔었지. 다만, 그때는 성황국 보물의 힘을 빌려 그것이 극대화됐을 뿐이다."

"그때와 같은 힘을 쓰지 못한다는 건가요?"

"그만한 위력을 내기란 어렵다. 하지만 크리스가 살아 돌아온다 해도 걱정할 필욘 없어. 이젠 성배에 의지하지 않고 놈의 목을 칠 수단이 생겼으니."

급상승한 동화율과 더 퍼스트의 마지막 각성.

영체화로 몸을 피하는 데 집중하지 않아도 된다.

그 무엇이 되었건 영력이 더해진 초월만으로 대처할 수 있다.

"그 의미가 아니었는데……."

"응?"

"……아닙니다."

아리샤가 옅은 미소를 머금고 살짝 물러났다.

"계속 잠들진 않을까 걱정했는데, 무사히 깨어나셔서 다행입니다."

"그게 전분가? 달리 필요한 건 없고?"

"신경 쓰지 마세요. 성황께서 선택하신 길, 마지막까지 한 점의 후회도 없이 저희가 자랑스럽게 받들어야 합니다. 단지, 궁금했을 뿐이에요. 성배마저 담지 못한 찬란한 광채의 비밀이 말이죠."

"이 성은 놀랍지 않던가?"

"연금술이라는 말은 들었어요. 신관들은 경악했지만 그게 뭐가 중요한가요. 우리 마도술도 이 성보다 결코 못하지 않은데."

페르노크가 피식 웃었다.

"회의가 시작되기 전까지 몸을 완성시켜 오지."

"전 패황의 동향을 좀 더 알아 오겠습니다."

살포시 웃은 아리샤가 방을 떠났다.

페르노크는 부유성의 책임자들을 만나 파손 범위와 기능 회복까지 걸리는 시간을 확인하고 황무지로 떠났다.

* * *

완전동질화로 되찾은 과거의 육신을 정밀히 조정하는 작업이 필요하다.

수호령이 없는 이 세계.

영력으로 펼치는 기술들에 이질감을 느끼지 않도록 페르노크는 황무지에서 검무를 췄다.

처음엔 넘쳐 흐르는 힘에 섬세함이 떨어졌던 기술들이 시간이 지날수록 날카롭게 다듬어진다.

느껴진다.

옛날 영광을 함께했던 그 시절의 감각들이.

"후우우."

후끈 달아오른 열기를 털어 내듯 영력을 폭발시키며 더 퍼스트의 초월을 해방시켰다.

순간, 솟구치는 영력이 비정상적인 속도로 검날에 응축되어 나갔다.

수호령의 검은 기운과 달리 순백의 고귀한 날.

오래전 왕국을 지탱했던 대장군의 검술이 초월을 타고 현세에 현현한다.

순백의 초승달이 지면을 갈랐다.

굉음은 터져 나오지 않았다.

솜털을 가른 것처럼 부드럽게 베어 나갔다.

면적은 고작 검날만 한 크기였으나, 상흔이 새겨진 대지는 끝을 모르는 지하 깊숙한 곳까지 움푹 패 있었다.

페르노크가 검병을 꽉 움켜쥐었다.

비로소 온전한 자신이 되어, 무쌍의 검을 되찾았다.

2장. **사자(死者)**

사자(死者)

 죽은 가르트를 대신하여 살라반이 바르간타 국경수비군을 이끌었다. 르젠 왕국군과 합쳐진 대규모 병력은 타이르를 밀고 들어갔다.
 타이르는 얀과 본대의 죽음 그리고 바르간타 침공 실패의 영향으로 수비가 허술해진 상태였다.
 철벽을 자랑한다던 국경도 바르간타, 르젠 연합군에 속절없이 무너져 내렸다.
 이에 타이르는 공석이 된 왕위에 새로운 왕족을 옹립하는 것부터 시작했다.
 다소 심약했지만, 전술의 귀재라고 불리던 새 왕은 연합군을 상대로 철저한 소모전을 유도했다.
 성을 하나 내주더라도 연합군의 병력과 보급품을 갉아

먹어 피폐하게 만들고, 수도까지 오는 시간을 지연시키는 동안 수비를 공고히 다졌다.

서로의 이권만 따지던 귀족들도 나라의 위기엔 한 몸처럼 움직였다.

그들은 한 시간이라도 더 시간을 벌기 위해 악착같이 수성에 전념했다.

파죽지세로 밀고 나가던 연합군도 어느 순간 주춤거리기 시작했다.

좀처럼 뜻대로 상황이 움직여 주지 않자, 살라반은 미간을 찌푸렸다.

'병력은 이쪽이 많다. 오히려 그게 짐처럼 되어 가고 있어.'

성을 점령해도 물자 하나 비축되어 있지 않다.

대군은 힘을 소모할 뿐, 정작 현지에서 보급을 충원할 길이 없다. 게다가 이쪽의 보급이 슬슬 바닥나기 시작한다.

애당초 타이르를 빠르게 정복하려는 생각으로 바르간타의 국경수비군까지 동원했었다.

타이르가 이토록 끈질기게 물고 늘어질 저력이 있을 거라곤 예상치 못했다.

덕분에 르젠군을 먹이려고 가져왔던 식량이 바르간타 국경수비군까지 챙기느라 빠르게 소모되어 갔다.

르젠에 보급을 요청했지만, 육로를 이용하기에 최소 일

주일이 필요하다.

'발이 무겁군.'

성을 점령할 때마다 병력의 피로도가 올라가는 상황에서 진지를 구축하고 버텨야 할지 고민이 된다. 하지만 이대로 머물기엔 타이르 왕성의 대처도 발 빠르다.

'반드시 타이르를 멸망시키지 않으면 본대도 위험하다. 타이르가 만약 라키스와 손을 잡는 날엔…….'

배후에 위험인자를 두는 건 연합군을 불안케 하는 요소다.

지금 철저히 배제시켜야 한다.

하지만 시간은 타이르의 편이다.

성을 점령해 나갈수록 갑주가 몸을 무겁게 짓누르는 것 같았다.

"전하! 급보이옵니다!"

5번째 성을 앞두고 살라반이 한숨만 푸욱 내쉬던 때였다.

다급하게 달려온 전령이 뜻밖의 소식을 전했다.

"서쪽 국경에서 바르간타의 5천 병력이 밀고 내려오는 중이라 하옵니다!"

"5천? 책임자가 누구더냐?"

"리오라는 바르간타의 참모입니다! 7번째 성에서 합류하자는 내용을 전해 왔습니다!"

살라반의 입매가 씰룩였다.

왜 리오가 여기에 왔는지 알 수 없었다.

하지만 5천 군의 합류는 연합군의 사기를 증진시키기에 충분했다.

"쉬지 않고 다음 성까지 갈 것이다! 공성을 시작해라!"

"예, 전하!"

연합군에게 바르간타의 참모가 온다는 내용을 전파하자 사기가 끓어올랐다. 아직 지원받을 무언가가 있다는 희망이 병사들에게 불을 지폈다.

살라반은 쉬지 않고 병사들과 5, 6번째 성을 점령해 나갔다.

불과 사흘 만에 7번째 성에 도착하자 훤히 열린 성문에서 리오가 반기고 있었다.

"살라반 전하를 뵈옵니다."

"이 성을 그대가 점령했나?"

"예. 전하께서 이목을 붙잡아 주신 덕분에 저희가 우회하여 쉽게 차지했습니다."

쉽다? 이만한 성을?

놀라는 살라반을 더욱 미소 짓게 할 내용물이 성안에 준비되어 있었다.

"적의 물자가 수도로 향하기 전, 7번째 성을 점령한 덕분에 보급이 대부분 남아 있습니다."

"그, 그게 정말인가?"

"당분간 군을 배불리 먹일 수 있으니 심려치 마십시오."

한순간에 활로가 트였다.

정확히 맥을 짚어 버린 리오의 전술에 살라반이 흐뭇하게 웃으며 병력을 성안에 들였다. 하지만 지휘관들 사이에 쉴 시간은 없었다.

살라반은 리오와 빠르게 향후를 논의했다.

"다행히 이곳의 보급을 바탕으로 진격할 여유가 생겼습니다. 르젠의 보급을 수도 쪽으로 잡으시고, 내일 진격하심이 어떠신지요."

"보급의 여유가 생겨서 가능하겠군. 그렇게 하겠소."

"하오면, 제가 바르간타 국경수비군을 데려가겠습니다."

"뭉쳐서 싸우지 않고?"

리오가 타이르 수도에 이르는 길목을 조목조목 짚어나갔다.

"예전 이곳에 저희의 거점지역을 만들었습니다. 전쟁이 벌어질 경우 보급을 진행하며 적의 취약점을 노리기 위함이었지요. 그리고 타이르는 거점 지역을 발견하지 못했습니다."

"이 길목들이 거점 지역이라는 건가?"

"그렇습니다. 이를 바탕으로 저희가 측면을 치겠습니다. 전하께서는 정면에서 계속 적의 시선을 잡아 주십시오."

"나를 미끼로 쓰겠다?"

"시간 싸움입니다. 가장 확실한 패를 내보여야 적이 반응해서 쉽게 허점을 노출하지 않겠습니까."

"대범하군."

"감사합니다."

살라반이 헛웃음을 터트렸다.

왕인 자신 앞에서 표정 하나 바꾸지 않는 리오가 대단하다고 여겼다.

"난세엔 영웅이 등장한다고 하나, 타이르의 명운은 이곳에서 마무리되어야 마땅합니다. 한 나라의 역사를 무너뜨리는 작업이 호락호락하진 않겠지요. 하지만 우리에겐 시간이 부족합니다. 그 어떤 역사도 당대의 호기 앞에선 무너질 수 있다는 것을 세계에 보여야 합니다."

살라반이 고개를 끄덕였다.

"그대의 뜻대로 하지."

"감사합니다, 전하!"

다음 날, 살라반과 리오는 병력을 반씩 나누어 타이르 수도로 진격했다.

살라반이 머뭇거려도 리오가 측면에서 돌파하는 전술이 일품이었다.

율리아나와 거래를 맺었을 때부터 이곳에 만들어 놓은 거점 지역은 주로 성의 지하와 연결되어 있었다.

성벽에 힘을 쏟는 타이르는 지하 통로를 타고 침투한 리오의 정예군에 농락당했다.

정보가 새어 나가지 않도록 철저히 성의 병력들을 섬멸

한 덕분에 전술은 쉬이 들키지 않았다.

그리고 한 쪽이 흔들리자 살라반을 담당하는 귀족들도 요동쳤다.

언제 뒤를 당할지 모른다는 불안감이 그들의 수비를 엉성하게 만들었고, 살라반은 파죽지세로 밀고 나갔다.

리오의 합류로 불과 보름 만에 타이르 수도를 목전에 두었다.

"수도의 성문에 이런저런 장치를 많이 해 뒀군요."

"결사 항전을 위한 시간 벌이였나."

성벽에 돌출된 쐐기들과 수성 병기.

번쩍이는 갑주를 걸친 병사들의 눈에선 비장한 결의마저 느껴진다.

높고 두꺼운 성벽을 부수기란 쉽지 않을 듯했다.

"닷새면 성의 한 축을 무너뜨릴 수 있을 겁니다."

"자신 있나?"

"맡겨 주시면 타이르를 침몰시키겠습니다."

"페르노크 왕이 부럽군. 자네처럼 당찬 인재를 곁에 두었으니, 바르간타는 이후에도 번창할 걸세."

"과찬이십니다."

살라반이 피식 웃으며 지휘봉을 리오에게 넘겼다.

"보급대가 곧 공성 병기를 가지고 올 거야. 그때, 한 번에 몰아치도록 하게."

"예!"

사자(死者) 〈85〉

리오가 지휘봉을 잡고 대군 앞에 나섰다.

적의 성벽을 둘러보아도 마도사의 기척은 느껴지지 않는다.

'얀이 죽은 시점에서 이 나라의 미래는 사라졌다.'

제아무리 훌륭한 전술과 지혜를 짜낸다 해도, 전황을 뒤바꾸는 건 언제나 마도사의 힘이었다.

이쪽에도 마도사가 없는 건 마찬가지다. 하지만 타이르를 고립시켜 서서히 말라 죽게 만들 수 있다.

마도사가 없는 전쟁은 진형과 병력의 수로 모든 것이 판가름되니.

뛰쳐나올 의지 없는 병력은 결국 쉼 없이 두들겨 맞다가 자멸할 것이다.

리오가 타이르의 굳건한 성벽을 둘러보며 공성의 방향성을 찾아가는 중이었다.

"히이이잉!"

갑자기 사방의 군마가 요동쳤다.

말들이 겁을 집어먹은 것처럼 기수의 손길을 따르지 않았다.

요동치는 말들을 붙잡기 위해 병사들까지 합세할 무렵, 하늘에 잿빛 구름이 몰려들었다.

"헉!"

갑자기 주위의 마법사들이 새하얗게 질렸다.

흡사 마력 중독에 걸린 사람들처럼 주저앉기 일쑤였다.

"뭣들 하는 것이냐!"

살라반이 흐트러진 진형을 바로잡으려 외칠 무렵, 리오는 등골이 오싹해졌다.

마치 마물의 산맥에서 사람들을 몰아치던 정상 주인의 사악한 마력을 마주한 느낌.

리오뿐만이 아니라 마력 없는 병사들도 모두 불온한 기운을 느낀 모양이다.

그들의 시선이 타이르 수도에 모였다.

그리고 겨울도 아니건만 시린 바람이 불어오기 시작했다.

새어 나온 하얀 입김이 바람을 타고 잿빛 하늘에 스며들었다.

이윽고 하늘에서 잿빛 색이 타이르 수도를 비췄다.

그것은 점점 변화하며 금을 닮은 노란빛이 되었다.

빛의 기둥이 떨어졌다.

눈을 뜨고 보기 힘들 정도의 강렬한 노란빛이 기둥처럼 타이르 수도를 집어삼켰다.

그 어떤 굉음도 들려오지 않았다.

성벽이 부서지긴커녕, 수도는 온전한 모습을 그대로 간직하고 있었다.

단 하나.

믿지 못할 그 광경만 달라졌을 뿐이다.

"전하!"

리오가 제일 먼저 이변을 감지하고 다급히 말에 올라탔을 때, 살라반도 검을 뽑아 들며 외쳤다.

"진군하라!"

잿빛 하늘이 가시고 푸른빛이 세상을 화창하게 만들었다.

말도, 마력도 모두 꿈이었던 것마냥 온전한 상태로 되돌아갔다.

평온해진 전장을 살라반과 리오가 달렸다.

황급히 병력들이 뒤따랐지만 타이르 왕성에선 화살 하나 쏘지 않았다.

아니, 쏘지 못했다.

성벽에 가까워진 이들은 바싹 마른 시체를 보고 경악했다.

"성문을 부숴라!"

살라반이 호령하며 앞장서니 병사들은 놀랄 새도 없이 공성을 시작했다.

저항 없는 성문을 부수고, 수많은 말들이 왕성에 쏟아졌다.

그리고 그들은 시체가 즐비한 거리를 보고 아무 말도 하지 못했다.

병사와 백성들 모두 수분 하나 없이 바싹 마른 시체가 되었던 것이다.

대체 무슨 일이 벌어진건지 살라반과 리오는 이해할 수

없었다.

자신들말고 타이르를 노릴 세력이 어디에 있단 말인가.

심지어 이곳까지 오면서 다른 마도사의 기척은 느끼지 못했기에 더더욱 의아하기만 했다.

짙은 의구심을 끌어안으며 그들은 왕성에 들어섰다.

사방의 시체더미들을 헤집고 다니며 마침내 타이르의 새로운 왕을 찾아냈다.

그 또한 비쩍 말랐으나, 눈동자에 옅은 색채가 남아 있다.

"네…… 네놈들…… 때문이야……."

살라반과 리오가 가까이 가자 타이르의 왕이 독기 어린 말을 내뱉었다.

"네놈들만…… 아니었어도…… 내가…… 라키스와 손을……."

"라키스?"

"……저주하겠다 내…… 망령이 되어…… 네놈들을……."

타이르의 왕이 축 늘어졌다.

왕관의 무게마저 견디지 못한 목이 뚝 부러졌다.

허무하게 쓰러진 시체가 원독 서린 말을 흘려보냈다.

"손…… 호박…… 손……."

알 수 없는 말과 함께 왕은 바싹 말라 버렸다.

그것은 사람의 수분과 더불어 이루 형용하기 어려운 무

언가를 함께 빨아들인 비참한 모습이었다.

* * *

페르노크는 마지막으로 몸 상태를 점검한 뒤 부유성에 들어섰다. 그리고 바로 각지의 전령들을 모두 회의실에 불러 모았다.

상석의 페르노크를 중심으로 직사각형의 기다란 테이블에 각 군의 전령과 아리샤가 앉았다.

"성황의 숭고한 희생으로 바르간타는 위기에서 벗어났다. 이 자리를 빌려 다시 한번 성황께 감사와 애도를 표한다."

아리샤가 고개를 끄덕였다.

"하지만 지금 우리는 그 어떤 희생에 머뭇거릴 여유가 없다. 적은 목전에 있으나, 수백 년의 역사 동안 최강을 자처하던 제국이다. 크리스와 마르도를 꺾었다곤 해도, 성황을 죽인 패황의 저력은 아직 짐작조차 할 수 없지. 지금이 기회다. 모든 나라의 뜻이 모인 이때야말로 불가사의한 적을 죽여야만 한다."

페르노크가 좌중을 둘러보았다.

"각지의 상황은?"

전령들이 앞다퉈 말했다.

"보고드립니다! 해안가 정복이 무사히 이뤄졌습니다!

현재 루인 협회장을 비롯해 두 분 신관님들과 함께 해안가에 물자를 옮기고 다음 공성을 준비하고 있습니다!"

"플레미르 공작이 루만 성을 점령했습니다! 다음 지시를 기다리고 있습니다!"

"루트밀라 공작은 아군과 맞춰 다음 성으로 진격한다고 합니다! 속히 지시를 내려 주십시오!"

그리고 후방의 타이르를 치던 리오 쪽에서 전령이 당도했다.

"보고드립니다! 살라반 전하와 리오 참모가 타이르 수도를 함락시켰다고 하옵니다!"

좌중이 연이은 승보에 활기를 띄우던 찰나.

전령이 묘한 말을 내뱉었다.

"하온데, 리오 참모가 심상치 않은 일을 마주했다고 하옵니다."

"함락에 어려운 일이 있었나?"

"그것이 아니옵고, 그 나라의 백성과 왕이 모두 바짝 말랐다고 합니다."

"말랐다?"

"예. 모두 비쩍 마른 시체가 되었습니다."

페르노크가 의아하여 고개를 갸웃하자 전령이 빠르게 말을 덧붙였다.

"공성을 준비하던 중 하늘이 잿빛에 물들었고, 씨름칙한 빛이 노란색으로 물들어 왕성을 내리쬐니, 그곳에 살아 있는 모든 생명체가 말라비틀어진 시체로 변했습니다."

"노란…… 빛?"

"타이르의 새 왕이 죽어 가기 전 호박의 손을 언급했습니다. 그리고 라키스와 손을 잡았다는 말을 흘렸습니다."

호박…….

문득, 과거의 기억이 떠올랐으나, 페르노크가 아는 상황엔 무언가를 말라비틀어지게 만드는 영향력은 없었다.

그 시대의 호박색 손은 시체를 조종하던 힘이었으니까.

하지만 라키스가 관여했다는 부분은 신경 쓰였다.

생각해 보면 패황이 자국을 버리고 13작과 함께 바르간타로 돌아갈거란 예상을 못했었다.

변수.

한 번도 마주한 적 없지만 패황, 아라드는 독특하고 무언가 형용하기 어려운 형질을 가진 것처럼 느껴졌다.

"살라반 왕은?"

"현재, 타이르 수도의 시체를 치우며 이곳으로 합류할지 의향을 여쭈라 하였습니다."

"살라반 왕은 그곳에서 후방을 지키도록 하고, 리오에게 1만 병력을 맡겨 이쪽에 증원토록 전하거라."

"알겠습니다."

전령이 페르노크의 서신을 받들어 회의실을 빠져나갔다.

그리고 페르노크는 좌중을 둘러보며 단호히 말했다.

"라키스가 어떤 변수를 창출하건 우리의 행동은 변하지 않는다. 우리는 시작했고 반드시 끝을 봐야 한다."

이제와서 최대의 난적이었던 크리스가 살아 돌아온다 해도 전혀 거리낄 것은 없다.

동화율 91프로.

아티펙트의 최종 각성.

그리고 과거의 육신과 완전 동화.

라키스의 국경이 허물어진 지금 총공세를 취할 차례다.

"패황의 독특함은 본국을 뒤로하고 바르간타를 치는 공격성과 의외성에서 비롯되지. 지금도 놈이 어디에 있는지 모른다. 만약, 내가 본대를 이끌고 진격했다가 패황이 반대로 우리들의 나라를 친다면 이 전쟁은 승리해도 크나큰 피해를 초래할 터."

페르노크가 라키스 제국의 지도를 들여다보며 곳곳에 아군의 말을 올려놓았다.

"덫을 놓아 패황의 동선을 라키스에 묶고 황성과 놈을 단숨에 친다."

* * *

패황, 아라드와 황성을 일시에 친다는 계획이 허황되게

들리지 않았다.

적어도 성황국 본대에서 페르노크의 힘을 목격했던 자들은 크리스와 마르도까지 지워 버린 절대자의 모습이 다시 도래하기를 기대하고 있었다.

"왕의 힘이라면 굳이 공들여 덫을 설치할 필요가 있을까요?"

사정을 모르는 이들이 의아한 눈으로 아리샤와 페르노크를 번갈아 보았다.

"그 찬란한 빛을 다시 한번 내리쬐어 주신다면……!"

"불가하다."

성배라는 그릇의 힘을 빌려 잠시 동안 초월자였던 명계의 힘을 드러냈을 뿐이다.

그 일부분만으로도 절대자들과 국경까지 휩쓸어 버렸다. 기대하는 만큼의 힘을 쓰기 위해선 한순간, 육신과 영혼의 경계를 허물어야 한다.

그때, 페르노크는 한순간 모든 것이 영혼으로 귀결되었다.

살아 있는 육신마저 명계에서 지냈던 혼의 형태로 다듬어졌기에 가능한 일이었다.

"그리고 필요 없다."

다시 위험한 강을 건너려 모험을 하지 않아도 된다.

치솟은 동화율과 전성기에 이른 육신이 합쳐졌으니, 크리스가 살아 돌아온다 해도 적수는 되지 못한다.

한 가지 변수라면 타이르를 집어삼켰던 샛노란 빛의 기둥.

그것이 무엇을 의미하는지 보다 명확해진다면 라키스 침공의 변수는 모두 사라진다.

"되도록 나와 녀석들의 패가 맞부딪치기를 바란다. 그래야, 온갖 변수를 차단할 수 있지."

무엇이 어떻게 덤벼도 상관없다는 페르노크의 모습은 실로 광오하였으나, 많은 이들이 고개를 끄덕였다.

아직 라키스 외곽지역을 점령한 것에서 멈췄지만, 수백 년의 역사 동안 라키스를 이 정도로 압박한 사람은 그 누구도 없었기 때문이다.

성황국을 중심으로 뭉쳤던 연합군이 어느새 페르노크 아래 합쳐지는 느낌이다.

"부유성의 수리까지 얼마나 필요하지?"

연구 소장이 조심스럽게 답했다.

"보름만 주십시오."

"너무 늦군."

"하오나, 재료 수급이 늦어 보름도 빠듯한 실정입니다."

"그럼 후방에 있는 그것을 가져올까?"

"그것?"

연구소장이 눈을 부릅떴다.

"설마, 페이크 말입니까?"

페르노크가 여력이 있을 때부터 줄곧 만들어 왔던 게 있었다.

연구소장에게 지시하여 부유성과 함께 운용할 수 있도록 만든 전술의 또 다른 핵.

페르노크는 이 특별한 것을 페이크라고 불렀다.

측근들 중에서도 작업에 참여한 몇몇만 알고 있다.

"어느 정도 형태가 갖춰졌다고 들었다. 이곳까지 옮길 수단도 확보되었다고 보고받은 것 같은데?"

"이동은 가능합니다. 다만, 아직 병기로써 활용하기엔 연금술을 동원해도 부족합니다."

"상관없다. 형태만 갖추어지면 되니."

"……?"

"덫으로 쓸 거야. 아주 중요한 순간에 말이지."

페르노크가 씨익 웃자 연구소장이 뒷머리를 긁적였다.

"어느 곳으로 옮길까요?"

페르노크가 지도의 한 부분을 가리켰다.

"여기."

"황무지 아닙니까?"

"제대로 뒤엉킨다면 이곳에서 결판이 날 거야. 아니, 그렇게 되도록 판을 만들어야지."

연구소장은 이해할 수 없었지만 바로 페이크를 가져오겠다며 회의실을 떠났다.

그리고 많은 이들의 시선이 집중되자 페르노크는 힘주어 말했다.

"각 군에 이르러 다시 포화를 올리라 전하거라."

"예!"

전령들이 각 진형으로 돌아간 그날, 페르노크는 아리샤와 나뉘어 아라드를 잡기 위한 작전에 돌입했다.

* * *

라키스에서 좀 더 서쪽.

바다도 끼지 않은 산간 지역.

병사들을 물린 산속 동굴에 아라드가 있었다.

"어쩌다 이 지경이 되었단 말인가."

아라드가 눈앞에 놓인 시체를 내려다보며 탄식했다.

흑색 갑주의 기운이 어렴풋하게 남아 있는 크리스의 시신이 많은 이들을 충격케 했다.

대체 누가 라키스의 군신을 이토록 참혹하게 죽일 수 있단 말인가.

설명을 바라는 눈으로 정면을 바라보니, 13작 보드린 후작이 조심스럽게 크리스의 몸을 손으로 짚었다.

기억 간섭.

상대의 정신을 조종하는 특이계 마도술이다.

이것은 죽은 자의 기억을 읽는 측면에서 상당한 범용성을 자랑했다.

사후 일주일이라는 제한이 걸려 있지만 크리스는 닷새 전에 도착했다.

마도술을 발동하기에 더할 나위 없었다.

우우웅!

마력이 스며들자 크리스의 입이 벌려지며 희끄무레한 연기가 흘러나왔다. 이윽고 연기는 둥글게 퍼져 나가며 크리스의 처참한 모습을 그려냈다.

[사라져라.]

하얗고 성스러운 휘광을 두른 존재가 명을 내리니 상상도 할 수 없는 기운들이 모든 것을 집어삼켰다. 크리스는 두 팔과 다리를 잃었으나 마르도의 흑색 갑주 덕분에 위험 지대에서 벗어났다.

하지만 그때는 이미 숨이 다해 가고 있었다.

크리스는 이 위험한 광경을 전달하기 위해 흑색 갑주의 마력을 자신의 것으로 만드는 기상천외한 방법으로 13작의 마력을 추적했다.

부유 마법을 간신히 유지하며 끝내 이곳에 도착할 때쯤엔 숨이 다했다.

생명을 쥐어 짜내 마지막까지 적의 수단을 알리러 온 충심이 갸륵하였으나, 아라드는 묘한 미소를 머금으며 사라지는 연기를 바라볼 뿐이었다.

"상대의 최고 전력을 찌르고 들어갔는데, 그것이 예상을 웃돌았군. 공작의 처음이자 마지막 실수가 이런 식으로 이어져서 유감이야."

"폐하, 13작들이 요동치고 있습니다."

"크리스의 빈자리가 큰가?"

"공작님뿐만 아닙니다. 성황국 본대를 습격하기 위한 마도사 부대들과 병력 그리고 국경까지 한꺼번에 소멸되었다고 합니다."

"크리스를 죽인 페르노크의 소행이겠지."

아라드는 성황을 죽일 때 보았던 거대한 빛의 기둥을 떠올렸다.

수많은 영혼이 경배해 마지않던 장엄한 광경의 주인이 페르노크라고 생각되자 모든 아귀가 맞아떨어지는 듯했다.

어찌하여 사생아가 연합군을 이끌고 크리스마저 죽음에 이르게 하였는지, 바탕이 되는 근본을 깨달았다.

"사자(死者)의 기운을 다루니, 제아무리 크리스라도 버텨 낼 재간이 없었겠지."

크리스의 기억 속에서 발광하던 그 모습이 잊히지 않는다.

분명, 성배를 통해 S3를 넘어 X라는 신의 경지에 들어섰지만, 그걸 웃도는 존재가 있으리라고 누가 상상이나 했겠는가.

설령, 아라드가 그 자리에 있었다 해도 무참히 소멸되었을 것이다.

사자(死者) 〈99〉

"그럼에도 우린 크리스가 필요해."

"송구하오나, 지금은 죽은 자를 대신하여 새로 공작을 내세워야 합니다. 원로들 중에서 선택하시는게 어떠실지요?"

"누가 공석이라고 하는가."

"예?"

"그러고 보니 자네는 이곳이 어디인 줄 모르지?"

보드린이 주위를 둘러보았다.

곳곳에 불이 붙자 어둠에 감춰졌던 불온한 것들이 모습을 드러냈다.

중앙의 제단 주위로 세 개의 특별한 조각상들이 자리하고 있었다.

하나는 거무튀튀한 손.

다른 하나는 두 눈이 빠진 얼굴상.

마지막은 이끼로 뒤덮인 발.

특이하게도 세 조각상엔 홈이 패여 있었다.

마치 중요한 무언가가 빠진 것처럼 황량한 느낌마저 들었다.

"내가 열 살일 때, 산속으로 사냥을 나오다가 수상한 목소리를 듣게 되었네."

"목소리라니요?"

"내게 사자(死者)의 힘을 건네준 약탈자들."

"……?"

"그들은 스스로를 태초의 주술사라 칭하더군."

아라드가 웃으며 손을 까딱이자 크리스의 몸이 두둥실 떠올라 제단에 뉘어졌다.

"라키스가 세워진 이 서쪽 터에 태초부터 존재해 왔던 이름 모를 왕국의 주인들. 셀 수도 없는 시간 동안 저 조각상에 원념을 담아 새롭게 힘을 실어 줄 사람을 기다리고 있었네. 그게 마력이 없는 내가 될 줄 누가 알았겠나."

그때를 떠올리며 아라드가 피식 웃었다.

"놈들은 내게 지식과 힘을 건네주는 대가로, 황제 올라 수많은 영혼을 호박색의 보석으로 정제하라 일렀지. 그리고 완성된 보석을 저 홈에 넣어 달라고 했었어."

순간, 보드린의 얼굴이 딱딱하게 굳어졌다.

"죽은 자의 혼으로 만들어진 호박 보석."

그가 제단 앞에서 두 팔을 벌린 순간 조각상에서 노란 물이 흘러내렸다.

"그리하여 탄생될 존재는 억겁의 시간 동안 오직 증오와 복수를 간직한 재앙의 화신이 되겠지. 한데, 나는 그걸 바라지 않았네. 내가 다스릴 나라에 백성이 없다면, 그것을 어찌 나라라고 칭할 수 있겠나."

"폐하, 혹 사악한 것들이 폐하의 이지를 어지럽힌다면 제가 해결하겠습니다."

"이미 오래전에 떨쳤네. 놈들이 보석을 대가로 힘을 넘겨줄 때, 나는 그것을 이용해 놈들을 집어삼켰네. 그리고 깨달았지."

노란 물이 제단에 스며들어 크리스를 감싸 안았다.

"증오와 원망이 사라진 텅 빈 곳에 제국의 충성심을 심어 놓는다면, 재앙이 가진 거대한 힘을 오직 제국의 천년을 위해 쓸 수 있지 않을까. 그런 생각 말이야."

"폐하, 그것이 무슨 말씀이신지……."

"하지만 그 연구는 실행될 수 없었네. 사자의 힘과 적합한 그릇이 없었지. 한데, 지금 여기 한계를 벗어던진 최고의 마도사가 있지 않나."

노란 물이 서로 엉겨 붙으며 부풀어 올라 고치처럼 변했다.

그 안에 잠긴 크리스는 예전 아라드를 보는 듯했다.

지금도 눈을 감으면 처음 이곳에서 그들과 조우했던 기억이 떠오른다.

[아무것도 가지지 못한 아이야. 너의 욕망이 이끄는 장소로 우리와 함께 가겠느냐?]

그들은 이름도 지어지지 않은 왕국의 수호자라 소개했다.

서쪽에 오랜 시간 잠들었다가 적합체와 만나 깨어났다

고 말한 그들은 아라드에게 눈을 내렸다.

[노란색은 하계와 명계 사이의 경계를 나타냄이니, 이것이 보다 짙은 호박에 이르는 순간, 너는 사자(死者)를 보는 눈과 조종하는 손과 다루는 발을 가지게 될 것이다.]

그것은 죽은 자들의 세계를 엿보고, 생과 반대되는 힘을 느껴 조작하는 권능이었다.

[네가 황제가 되어 무수한 영혼이 결집되는 그날. 우리는 세계에 다시 한번 죽음을 흩뿌리리라!]

저 홈에 영혼들로 만들어진 호박 보석을 넣어야 한다고 전했다.
하지만 아라드는 그들의 예상을 벗어났다.
호박의 눈을 가졌음에도 그들의 목소리에 조종되지 않고 도리어 증오로 가득 찬 혼을 삼켜먹은 것이다.
아라드의 욕망은 조각상에 담긴 원념을 넘어섰다.
이를 예상치 못한 혼들은 아라드에게 흡수되어 수많은 정보를 안겼다.
아라드는 기억을 바탕으로 '눈과 손과 발'을 나누어 측근의 가장 우수한 기사를 만들었다.
그 무렵 전장에서 한 영혼을 만났다.

크리스.
각성되지 못한 자가 반생자의 혼으로 생사의 경계에서 떠돌아다니고 있었다.
아직 죽지 못한 자를 다시 육신에 되돌린 날.
크리스는 아라드와 계약했다.

"알고 있나, 크리스? 나는 멸망한 왕국의 최후를 기억하고 있어. 라키스를 똑같이 만들고 싶진 않아. 내 이름이 영원히 기억될 제국을 위해 네 육신과 영혼을 내게 맡겨라."

크리스의 육신도 언젠가는 늙어 사라진다.
그렇다면 강대한 마도사의 잔재가 남은 육신에 사자의 힘을 불어넣으면 어떨까?
오직 제국을 위한 수호신을 만들기 위해 지금껏 크리스에게 많은 권한을 넘겨줬었다.
하지만 크리스가 죽었다.
미래를 위한 계획은 지금 수정되어야 마땅하다.

X에 이른 육신.
격을 달성한 혼.
그리고 사자의 힘.

하지만 정작 중요한 마지막 재료는 다른 나라에서 수급 중이다.

"후작."

"예, 예?"

"타이르에서 다른 소식이 없던가?"

"아!"

보드린이 정신을 번쩍 차렸다.

"바르간타와 르젠이 타이르를 함락시켰습니다!"

"하하하하하! 듣던 중 반가운 소리군! 아니 그런가? 설러번 경?"

그때, 보드린의 뺨을 시린 바람이 스쳤다.

언제부터 그 자리에 서 있던 걸까.

S2의 마도사가 눈치 채지 못할 정도로 기척과 마력이 느껴지지 않는 회색빛 갑주의 사내가 걸어 나왔다.

특이하게도 사내는 은색의 가면을 쓰고 있었다. 몸에선 기묘한 악취를 풍기고, 발아래에 은은한 호박 기운이 어리고 있었다.

보드린이 사내 어깨의 휘장을 살피곤 눈을 가늘게 좁혔다.

'황실 기사단?'

13작이 이름을 떨치며, 모든 나라가 제국의 시작을 일리던 근본을 잊고 있다.

황실 기사단.

그들은 13작 제도가 생기기 전부터 제국을 부유케 하였다.

13작이 임명되고 난 이후에 황실 기사단은 점차 잊혀 갔는데, 아라드에 이르러서는 그 존재를 본 자가 오직 크리스뿐이라고 하였다.

양지에 드러나야 할 단체가 음지에 숨어 황제를 보필하는, 그것이 지금의 황실 기사단이다.

"내 손이 아직 멀쩡한 인간의 것이니, 축제는 제대로 시작되고 있군. 한데, 놈들의 독이 바짝 올랐을 거야. 문제는 우리와 같이 사자의 힘을 부리는 존재가 있다는 것인데, 절대 시간을 주지 않을 것 같아."

"하오면, 소신이 시간을 벌어 보겠나이다."

"자네의 준비도 만만치 않을 터인데?"

"제가 죽더라도 권능은 폐하께 돌아가지 않습니까. 죽음은 우리에게 몹시 익숙한 것이지요."

"하하하하, 그럼 오랜만에 땅따먹기나 해 볼까?"

"제국을 내주실 겁니까?"

아라드가 씨익 웃었다.

"하나를 주면 둘을 가져오게. 할 수 있겠나?"

설러번이 그 자리에 무릎 꿇고 외쳤다.

"반드시 폐하의 뜻대로 제국의 천년지계가 이어지게 하겠나이다!"

"내 발이 황금에 젖어 들지 않기를 바라고 있겠네."

그리고 보드린이 눈 깜짝할 사이 설러번이 호박색 잔향을 남기며 그 자리에서 사라졌다.

보드린은 꿈을 꾸는 것만 같았다.

느닷없이 몰아닥친 정보의 홍수에서 갈피를 못잡는 두 눈이 제단에 향한다.

아라드가 노란색 껍질에 휘어감인 크리스를 바라보며 웃고 있었다.

"오래전 네가 죽음으로 약속한 부활의 대가를 이행하거라."

* * *

대게 꿍꿍이가 많은 자들은 모습을 숨기고 무언가를 계획하기 마련이다.

정면에서 싸우길 좋아하는 아라드가 아직까지 숨어 있는 상황이 모략가의 간계를 보는 듯했다.

하여, 페르노크는 생각했다.

모략가의 계략이 시행되기 전에 거처를 뭉개 버려야 한다고.

2천 기마대만을 이끌고 라키스의 동쪽 마하드 성에 도착한 페르노크가 검을 뽑아 들었다.

콰아아아앙!

가볍게 휘두른 검.

고작해야 순환연동에 불과한 영력을 터트렸을 뿐인데, 적의 성이 붕괴되었다.

 경악하는 기마대와 달리 무덤덤한 표정으로 한 숨에 무너뜨린 성벽을 짓밟으며 페르노크가 덤덤히 말했다.

 "호랑이 사냥을 시작한다."

 그 순간, 웅장한 나팔소리가 울려 퍼지며 곳곳에서 수많은 불꽃이 허공에 쏘아졌다.

 루인, 플레미르, 루트밀라, 아리샤.

 그리고 페르노크.

 연합군 다섯 수뇌들의 총공세가 시작되었다.

* * *

 라키스는 국경과 외곽을 성으로 칭하지 않는다.

 성벽의 토대를 쌓아 올렸으나 그곳은 백성들이 거주하는 곳이 아닌, 외적의 침입을 막는 1차 수단으로 보기 때문이다.

 하여, 라키스에게는 외곽 안쪽부터 시작되는 13개의 성이야말로 진짜라 할 수 있었다.

 백성과 함께 자신의 권위를 상징하는 13성.

 라키스의 오랜 역사 동안 외성을 넘는 적들이 제법 되었으나, 어느 누구도 13성을 함락시키지 못했다.

 그곳은 힘겹게 작위를 얻은 자들의 치열한 격전지였

고, 삶의 마지막 불꽃을 태우는 공간이었다.

격렬한 저항조차 13작의 악착 같은 마도술 앞에선 맥을 못 추고 무너지기 일쑤였다.

백성들은 13작을 칭송했고 그들의 무위는 라키스를 넘어 세계를 진동시켰다.

13작이란 절대자들을 일컫는 칭호였다.

라키스는 무적이었다.

적어도 페르노크와 마주하기 전까지는.

콰아아앙!

2천의 기마대가 돌격하기도 전에 페르노크의 섬뜩한 검이 적진을 휘저었다.

단 한 번의 검기가 초승달처럼 휘어지며 수백의 중갑병들을 갈라 버렸다.

태산 같았던 라키스의 정예병들이 창을 꼬나 쥔 채 주춤거렸다.

이곳에 모인 1만 병력이 고작 한 명에게 압도당하고 있었다.

"병사들이 이곳에 있거늘! 어찌 장수란 자가 코빼기도 비추지 않고 뒤에 숨는단 말이냐! 라키스의 13작은 모조리 겁쟁이들인가!"

우렁찬 목소리가 전장을 뒤흔들었다.

병사들이 귀를 가로막고 주저앉사 저 밀리 성에서 강렬한 마력이 전해진다.

순식간에 스파크가 튀기며 13작 게던 자작이 모습을 드러냈다.

"라키스에 빌붙어 살던 왕국이 오만해졌구나!"

"하찮게 여기던 나라가 반기를 들었을 땐, 그만한 이유가 있을 터."

페르노크가 관찰안으로 게던을 훑어보았다.

"네놈들은 억압받고 수탈당한 왕국의 분노를 제대로 이해하지 못한 것 같구나."

영혼의 형질이 불투명하다.

분명 눈앞에 사람이 있는데도 손가락 사이에서 흩어져 버릴 것 같은 애매한 느낌.

이런 경우는 단 하나뿐이다.

"고작 이따위 시답지도 않은 알량한 마도술로 내 눈을 현혹시키려 했단 말이냐."

"……!"

페르노크가 눈앞에 다가오고 나서야 게던은 뒤늦게 마력을 터트렸다.

'이 속도는 크리스 공작님의…….'

아니, 크리스와 몇 번 대련을 해 봤기에 알 수 있다.

적어도 크리스가 장침을 쏘아 보낼 땐 게던이 마력 장벽을 세울 여유가 생긴다. 하지만 페르노크는 인지를 뒤흔들었다.

눈치챘을 땐, 이미 그의 검이 마력을 가르고 있었다.

서걱!

마도사란 칭호가 허명은 아니었는지 게던은 두 팔을 내주고 간신히 목숨을 챙겼다. 하지만 쉴 틈은 주어지지 않았다.

그가 한 호흡을 내뱉기도 전에 심장이 관통당한 것이다.

"……?"

검이 뱀처럼 휘어지듯 마력을 비스듬이 타고 내려와 어떤 위화감도 느낄 새 없이 찌른 그 한 수가 도저히 검술처럼 여겨지지 않았다.

게던이 아는 어떤 검술도 마도술처럼 현상이 뒤바뀌는 듯한 모습을 보이지 않기 때문이다.

"어설픈 촌극은 집어치워. 그리고 이곳을 보는 녀석들에게 똑똑히 전하거라."

그 순간, 게던은 오싹한 소름이 돋았다.

타국에 알려지지 않은 자신의 마도술을 페르노크가 꿰뚫어 보고 있었기 때문이다.

"쥐구멍에 숨어 가당치도 않은 잔꾀나 굴려 대다간, 네 놈들의 성은 모조리 내 손에 떨어질 거라고."

페르노크가 검을 뽑자 게던은 눈을 부릅뜬 상태로 스파크가 되어 사라졌다.

영혼의 형질이 불투명한 얇은 형태.

그것은 본체가 이곳과 떨어져 있다는 사실을 의미한다.

게턴의 마도술은 분신 생성이다.

단순히 자신을 나누는 것에서 그치지 않고 분신이 사라지는 즉시 스파크가 사방에 스며들어 벼락과도 같은 공격성을 자랑한다.

하지만 페르노크는 정확히 분신의 맥을 관찰안으로 짚어 소멸시켰다.

본체가 이 자리에 있었다고 이 결과는 달라지지 않을 것이다.

분신은 본체와 같은 신체 능력을 공유하니까.

'예상한 대로 움직이는군.'

페르노크는 게턴을 베었다는 희열보다 생각이 맞아떨어졌다는 사실에 의미를 두고 있었다.

이곳까지 오면서 수많은 병력을 만났지만 13작들은 모습을 드러내지 않았다.

지금 게턴처럼 정찰을 하거나 정면 대결을 회피한다는 뜻이다.

그리고 놈들이 관찰만 지속한다는 점은 곧 아라드가 무언가를 계획하고 있다는 말과도 같았다.

'뭔가를 준비하고 있어. 그게 끝나면 정면 대결을 선호하겠지.'

성을 빼앗기는 것조차 아랑곳하지 않는다.

긍지를 저버릴 정도로 거대한 무언가가 도사리고 있다.

이곳에서 라키스의 수도까지 대략 한 달 하고 보름.

아라드는 그때까지 버티려 할 것이다.

보통이라면 말이다.

'하지만 그 이전에 완전히 자신을 감추려 하진 않을 거야. 그랬다면 굳이 13작으로 나를 관찰하지 않았을 테니까.'

아라드는 직접 군을 이끌고 바르간타로 역공을 취할 정도로 호전적인 인물이다. 마냥 숨어서 웅크리고 있진 않을 것이다.

아무리 굶주린 맹수라도 틈이 보이면 사냥감을 깨물어 죽일 능력이 있다.

분신 마도사를 먼저 내 보인 건, 어느 곳에 틈이 있는지 확인하려는 의도로 짐작되었다.

'하지만 수도가 위협받는 상황조차 외면할 정도로 너는 못난 황제가 아닐 것이다.'

상대가 느긋하게 여유를 부리고 있다면 다급한 상황을 만들어 버리면 그만이다.

곳곳에 덫은 설치되었고, 흥분하는 놈들이 낚아주기를 기대하며 선두에서 진격한다.

쾅!

1만 대군을 휘저으며 장수 없는 성을 일검에 갈라 버렸다.

무너져 내리는 성벽 너머에 두려워하는 백성들이 서로를 부둥켜안고 있다.

13작들이 지키는 성이 침공 당할 거라고 누가 상상이

나 했을까.

라키스 역사상 단 한 번도 이뤄지지 않은 일을 가볍게 해내며, 페르노크가 성에 바르간타의 깃발을 꽂았다.

"병사들을 정리하고 바로 다음 성으로 향한다."

"이곳을 수습하지 않고 말입니까?"

"백성들은 이대로 지내게 놔두면 돼. 민심은 모든 것을 정리한 뒤에 챙겨도 늦지 않지. 그러니."

페르노크가 라키스의 수도로 향하는 직선거리를 지도에 표시하며 웃었다.

"우린 7개의 성을 짓밟고 라키스의 수도로 향한다."

* * *

게던이 숨을 헐떡이며 몸을 일으켰다.

"헉. 헉!"

"괜찮으신가, 자작?"

"끔찍한 악몽을 꾸는 것 같았습니다. 크리스 공작님을 죽였다는 말을 들었을 때만 해도 대신관이나 다른 암수가 동원되었다고 생각했는데……."

페르노크의 검술은 보면서도 막지 못했다.

마도사를 단숨에 꿰뚫어 버리는 일격은 흡사 크리스를 닮은 것처럼 보였다.

"……안 되겠습니다. 아무리 봐도 페르노크에겐 틈이

없어요."

"13작을 모두 데려온다 해도?"

"예. 안 됩니다. 크리스 공작님이 살아 돌아오셔도 승산을 장담하기 어렵습니다."

"으음……."

"타깃을 바꾸시죠."

"누구로?"

"플레미르입니다."

가슈팔트 백작이 고개를 끄덕였다.

"확실히…… 바르간타의 주요 전력이면서 기둥인 그를 제거한다면 페르노크도 발을 멈추겠지."

"예. 폐하께서 하명하신 시간을 벌 수 있습니다."

두 사람은 바로 움직였다.

처음부터 병력을 동원할 생각은 없었다.

지금 연합군의 병력은 크게 다섯 갈래로 나뉘었다.

해안가에는 다른 13작을 파견했고, 페르노크는 오늘 힘을 견주어 확인했다.

아리샤가 이끄는 성황국 본대엔 아라드가 기사단을 보냈다.

적의 주요 전력 세 곳을 떼고 나니, 상대적으로 열악한 세력이 보인다.

루트밀라와 플레미르.

특히 바르간타군 만으로 움직이는 플레미르가 아주 좋

은 먹잇감으로 보였다.

'놈들은 병력을 나눈 대가를 철저히 치르게 될 것이다!'

게던과 가슈팔트는 플레미르가 점령한 외성에 도착했다.

병사들의 눈을 피해 성벽을 넘는 일 따윈 그들에게 손바닥 쥐는 것만큼이나 손쉬운 일이었다.

혹시나 모를 사태에 대비하여 게던이 소형 분신을 곳곳에 펼쳐두고, 가슈팔트는 대지의 마도술을 이용해 플레미르 처소에 숨어들었다.

그리고 게던과 가슈팔트는 갑주를 입고 있는 플레미르와 마주했다.

"천하의 13작이 야밤의 기습이라."

마치 그들이 올 것을 예상이라도 했다는 듯한 모습이었다.

하지만 두 사람은 알고 있었다.

플레미르는 전장에 투입된 시점부터 지금까지 단 한 번도 갑옷을 벗은 적이 없다. 매 순간을 긴장하며 전장에 몰두하는 진정한 장수였다.

사전에 정보로 파악했기에 게던과 가슈타르는 크게 놀라지 않고 마력을 끌어 올렸다.

"실망했나?"

"아니, 자국을 지키기 위해 흙탕물도 마다하지 않는 모습에 경의를 표할 뿐이오."

그 순간, 게던과 가슈타르의 얼굴이 딱딱하게 굳어 갔다.

"내 검이 13작에게 닿을지 언제나 기대하고 있었으나, 지금은 그럴 여유가 없음을 이해해 주길 바라겠소."

곳곳에서 마력이 솟구친다.

정보에 없는 마도사들의 출현.

게던이 동쪽을, 가슈타르가 서쪽을 바라보았다.

새하얀 법복의 신관들이 이곳을 포위하고 있었다.

"성황국의 신관들이 어찌……."

"전하께선 그대들이 올 것을 예상하고 계셨소."

게던이 분신을 보낸 후는 이미 늦다.

페르노크는 그 전에 신관들을 파견했다.

당연히 아리샤와 신관들이 함께할 거라는 그들의 생각을 비웃기라도 하듯이 한밤의 기습을 무위로 만드는 냉철한 판단이다.

두 사람의 머리 꼭대기 위에 페르노크가 서 있었다.

"바르간타에서 그 난리를 피웠는데, 이 정도 방비도 못 할 거라 생각했다면, 그대들이야말로 궁지에 몰렸군. 다급해서 다른 수단은 생각지도 못할 정도로 말이야."

플레미르의 검이 새빨갛게 물들자, 신관들의 마력이 얽히며 이곳에 거대한 결계를 세운다.

결코 빠져나갈 수 없다는 단호한 의지가 스산한 바람에 스며들었다.

"국경의 일을 잊지 않는다."

S2의 신관이 자애로운 미소를 거두며 방에 내려섰다.

"성황님을 죽이고 농락한 죄."

"수많은 신도들을 이국의 땅에서 잠들게 한 네놈들의 오만함을 단죄하겠다."

신관들이 먼저 마도술을 전개했다.

게던과 가슈타르가 뒤늦게 응수해 보지만 마도술의 역량부터 마도사의 숫자까지.

라키스가 자랑하던 모든 것들이 도리어 압도당하는 순간.

새빨간 날이 두 사람을 파고들었다.

콰앙!

4명의 마도사가 이루는 합작품을 단 둘 만으론 제대로 막지 못했다.

첫 합에 양손이 찢어 나가고, 분신조차 결계에 막혀 발동되지 않는다.

철저한 덫에 빠져 버린 두 사람을 노려보며 네 마도사들의 마력이 극대화되었다.

"한 놈이라도……!"

태양을 닮은 불덩이가 게던을 분신까지 삼켜 버렸다.

결계가 좁혀져 열기를 가두고, 폭풍이 몰아쳐 기세를 드높이니, 가슈타르가 한없이 밀리는 품속에 핏물 떨어지는 검이 파고들었다.

서걱!

강화된 절삭력은 가슈타르의 대지 방벽을 단숨에 꿰뚫었다.

바윗덩어리조차 혈검 앞에선 솜털만도 못했다.

너무나 쉽게 베어지는 순간에 가슈타르는 플레미르의 지면을 조작했다.

좀 더 깊숙이 파고들 때, 등을 꿰뚫어 버릴 요량이었다.

하지만 상대는 아직 3명이나 더 남아 있었다.

마도술이 발동되고 게딘이 재가 되기까지 불과 1분도 걸리지 않았다.

S2 마도사를 필두로 한 압도적인 마력이 일대의 불순한 마력을 감지하고 대처한다.

쾅!

플레미르의 몸을 감싼 폭풍이 후방을 점하던 바위를 가로막았다. 그리고 혈검에 불을 덧씌우니 바위는 베이기도 전에 녹아내렸다.

결계가 가슈타르의 두 발을 묶은 순간 플레미르는 핏빛 잔상을 남기며 13작의 목을 베었다.

굴러떨어진 목이 재로 화한 게딘 옆에서 눈도 감지 못하고 피를 흘린다.

플레미르가 핏물에 검을 담그며 서늘한 미소를 지었다.

"네놈들은 바르간타를 농락한 대가를 철저히 치를 것이다."

* * *

 루인은 해안가에서 기다리고 있었다.
 페르노크의 예상이 모두 맞아떨어져, 그들의 덫이 13작들을 꿰어 내는 순간이 찾아오기를.
 "협회장님! 보고드립니다!"
 굳건한 성처럼 해안가를 지키던 침묵의 마도사에게 모든 시선이 머물렀다.
 "플레미르 공작을 노리던 적의 13작을 격퇴! 게던 자작과 가슈타르 백작임을 확인하였고, 공석이 된 성으로 진격한다고 합니다!"
 루인이 자리에서 벌떡 일어났다.
 수평선 너머에서 오랫동안 숨죽여 왔던 이종족들.
 그리고 해안가를 진지로 구축한 신관들과 연합군의 간부들에게 덤덤히 고하였다.
 "그때, 미처 끝내지 못했던 일을 마무리합시다."
 루인이 지팡이를 해안가 너머, 3개의 성을 거친 뒤에 존재하는 요새.
 브레이아의 성을 가리켰다.
 "제국의 원로와 현재를 짊어지는 후작을 우리가 제거합니다."

* * *

 루인은 선단을 이종족들에게 맡긴 채, 두 신관과 연합군을 이끌고 내륙으로 진격했다.
 해안가 너머의 외성은 텅텅 비어 있었다. 브레이아가 물러난 이후 이곳에서의 수성은 무의미하다고 판단한 듯했다.
 덕분에 루인도 외성 공략에 시간을 들이지 않았다.
 최소한의 병력만 두고 퇴로를 확보하며 본격적으로 13작의 성으로 향했다.
 "선생님."
 마르코가 조심스럽게 루인을 불렀다.
 "뭔가요?"
 "저희는 따로 덫을 놓지 않아도 됩니까?"
 "굳이 사람을 나눌 필요는 없습니다. 성을 함락하지 못해도 괜찮죠. 해안가에서 압박해 들어가는 것만으로 저희 역할은 끝입니다."
 그저 진군하는 것만으로 이득을 보는 경우도 종종 있다.
 특히 연합군이 다섯 갈래에서 포위하는 만큼 한쪽에 압력이 실려 적들의 신경을 자극시키는 것만으로 다른 진형이 편해지는 효과가 나타난다.
 페르노크가 루인에게 맡긴 역할은 단 하나.

적이 바다로 눈을 돌리지 못하게 하여 외부와의 모든 교류를 차단시킬 것.

"내륙에 가둬 버린다는 뜻이죠?"

"그렇습니다. 그래서 우리의 역할이 쉬워 보여도 막중한 겁니다. 해안가가 뚫린다면 라키스는 바다라는 활로가 트이게 되는 셈이니까요."

"그럼 바다에서 진을 치고 있어도 되지 않습니까?"

"가만히 몸 사리는 적을 누가 두려워합니까. 해안가를 지키면서 적에게 압박감을 심어 주는 가장 좋은 방법은 진군입니다. 그리고 여기서 하나를 더 추가한다면 적장의 목을 베어 내는 것이 되겠지요."

"브레이아가 그토록 중요한가요?"

"크리스가 사라진 지금, 라키스의 가장 위험한 사람은 브레이아입니다. 전대 원로들이 합류했다곤 하나, 브레이아에 미치진 못하겠죠. 그는 전술에 탁월할뿐더러 모든 것을 꿰뚫어 버리는 마도술을 가지고 있으니……."

마르코가 루인을 물끄러미 바라보았다.

해안가에서 이종족과 신관들이란 패를 꺼내 보였음에도 브레이아의 도주를 막지 못했다.

하물며, 지금 그들은 적진 한복판으로 향한다. 적에게 유리한 환경에서 날뛰는 브레이아를 막을 수 있을까.

르젠에서 브레이아에게 상처 입은 루인을 떠올리며 마르코가 입을 다물었다.

루인이 피식 웃으며 말고삐를 잡아 쥐었다.

"세상에 절대적인 강함이 있다면 그건 전하를 의미하는 것입니다."

"예?"

"모든 마도술에는 상성이 있고, 마도사는 경험한 마도술에 대처할 수많은 방법을 떠올리죠. 브레이아는 분명 저와 상극이 되는 존재입니다. 하지만 딱 한 가지, 죽일 방법이 있어요."

루인이 마르코를 응시했다.

"제가 틈을 만들어 놓을 때, 근원을 집어넣으세요. 그 한순간이 브레이아를 죽일 처음이자 마지막 기회일 겁니다."

"예!"

"물론, 생각만큼 쉽지 않겠군요."

루인이 별안간 지팡이를 꺼내 들었다.

"아직 성까지 거리가 많이 남았지만, 적들도 우리를 쉽게 보내 줄 생각이 없어 보여요."

모두가 근엄한 소리에 이끌리듯 루인을 바라보았다.

"여기서부터 시작입니다."

그리고 지팡이를 내리꽂은 순간.

쩌어어어엉!

확산하는 마력이 불투명한 무언가에 가로막혔다.

"이 마력 파동은 분명……."

"제르 타르가스."

적의 신관과 녹의 신관이 허공으로 시선을 올렸다.

날카로운 눈매의 노인이 허공을 짓밟고 있었다.

발끝에서 시작된 마력이 거대한 장벽처럼 넓게 퍼져 대군을 감싸 안았다.

"바다는 네놈들의 영역이었지만, 내륙은 다르지."

지면에서 마력으로 이루어진 병사들이 생성되었다.

제르 타르가스.

참수왕이라 불리는 그의 마도술은 마력 형체화.

자연에 존재하는 마력을 자유자재로 조종해 원하는 형태로 만들어 낸다.

칼날처럼 날카롭게 다듬거나, 인형으로 만들어 부릴 수 있다.

그리고 그 수는 무려 5만에 달한다.

본인의 마력이 아닌, 주위의 마력을 이용하기에 가능한 일이다.

가히 일인군단이라 칭해도 모자람이 없기에 전대 황제가 그에게 하사한 왕이란 칭호는 허명이 아니었다.

우우우웅!

루인이 사방을 상실로 뒤엎었음에도 마력 병사들은 사라지지 않았다.

"끌끌끌. 네 마도술의 원리는 진즉에 꿰뚫어 보았느니라. 결국은 마력 장악을 누가 더 잘하느냐의 싸움이겠지.

한데, 네놈과 나는 살아온 시간이 달라."

마력 장벽에서 병사들이 쏟아져 내리기 시작했다.

"내가 얼마나 많은 마력을 지배해 왔는지 아느냐, 애송이!"

적의 신관이 합장하듯 두 손을 모았다 전면에 펼쳤다.

손도장이 찍혔지만 마력 병사들은 다시 생성되었다.

녹의 신관이 지면에서 물길을 일으켜 뒤엎어도 소용없었다.

제르의 마도술은 무형화된 마력을 유형화시키는 것.

형체가 붕괴된다 한들 마력이 존재하면 얼마든지 재생시킬 수 있다.

그리고 이 마도술의 핵심은 모든 공정을 순식간에 해내는 마력 장악력에 있었다.

'라키스의 병사들을 끌고 오지 않고 단독으로 활동하는 만큼 마력을 무분별하게 난사해도 상관없다는 건가. 우선 이곳을 헤집어 놓겠다는 건데…….'

루인이 마르코에게 시선을 돌렸다.

"생각보다 빨리 합을 맞출 기회가 찾아왔군요."

"예?"

"제르는 해안가에서 실력을 감췄습니다. 그리고 지금 그의 마도술은 저보다 넓은 공간을 장악하고 있지요. 이걸 뚫기 위해 안간힘을 쓴다면 브레이아가 약해진 틈을 비집고 올지도 모릅니다. 그러니 이쪽도 상극의 힘으로 맞받아치죠."

근원에 허를 찔렸던 제르의 모습을 루인은 아직도 기억한다.

"틈을 만들겠습니다. 그때, 모든 근원을 쑤셔 넣어 제르의 마력 통솔을 어지럽히세요. 그리고 제르가 후퇴한다면 그 뒤를 노리며 단숨에 브레이아가 있는 성까지 치고 들어갈 것입니다."

"알겠습니다!"

마르코는 불가능을 입에 담지 않았다.

언제나 루인이 가능하다는 격려를 마다하지 않았고, 마르코 스스로도 이 전쟁에서 보다 높은 곳에 이르러야 한다고 각오를 다졌기 때문이다.

"신관들께는 이곳을 빠져나간 뒤를 맡기겠습니다."

그리고 루인의 상실이 크기를 부풀려 나갔다.

마력 병사들의 소멸은 일절 신경 쓰지 않은 채, 오직 장벽과 부딪치는 것에만 집중했다. 제르가 코웃음 치며 억누르려 하자 루인이 피식 웃었다.

그 순간 루인의 상실이 해제되었다.

순수한 마력 상태로 되돌아가 장벽과 얽히기 시작했다.

'마력 장악? 시답잖은……'

순수한 마력 장악 승부라면 제르가 밀릴 것이 전혀 없다.

양측의 마력이 복잡하게 얽혀 들어갔다.

제르가 순순히 승부에 응하도록 좋은 먹잇감을 투척한 것.

그것이 루인이 노린 바였다.

'마력 장악으론 내가 밀리겠지. 하지만 침투한 마력을 연결시켜 한순간 네놈의 장악력에 개입할 수 있다.'

제르가 다른 곳에 마력을 퍼붓지 못하도록 순간 붙잡아 버렸다.

제르에게는 귀여운 수준이었다.

'마력 장악에서 밀린 자는 그 마력을 승자에게 통째로 넘기게 되지.'

루인이 시작했으나 끝은 제르가 정한다.

마력 주도권이 넘어간 순간 루인의 마력은 그대로 제르의 통솔하에 들어간다.

고작, 10초.

마도술이 아닌 마력 승부는 설령 상대가 S2라 해도 짧은 시간에 결판을 낼 수 있다.

제르의 돋보이는 자신감을 루인이 파고든 것이다.

후웅!

공허한 소리가 들리고 나서야 제르는 낯선 존재를 감지했다.

루인의 마력을 절반 정도 지배했을 때, 등 뒤의 그림자가 늘어나며 마력으로는 전혀 감지할 수 없는 이형의 존재가 나타난다.

오직 한순간, 강자를 상대하기 위해 페르노크와 루인에게 근원을 배워 왔던 마르코.

"마도사들과 정면에서 싸운다면 너는 필패다. 하지만 다른 이가 마도사의 이목을 잡아 줄 때, 들키지 않고 파고들 방법이 딱 하나 있지. 어둠 속에 숨어 상대의 배후를 노리는 암습이다. 절망군주가 젊은 시절, 자신보다 강한 상대를 죽일 때 애용하던 방법이지."

페르노크는 암습의 취약점으로 정면 대결을 꼽았다.

상대가 눈앞에 있는데, 어디로 사라진다 한들 경계가 심해질 것이니.

암습을 위한 사전 준비로 반드시 마도사의 이목을 흐트러뜨릴 거대한 존재감이 필요하다고 했었다.

그것이 루인이다.

루인의 침묵 마도술은 펼치는 것만으로 상대의 이목을 집중시킨다.

당연히 그의 상실을 두려워하여 모든 신경이 쏠릴 것이다.

지금 루인이 제르의 오만함을 붙잡았다.

자기 발아래의 그림자에 무엇이 섞였는지도 모를 만큼 마력 장악에 흠뻑 빠졌다.

그리고 절망군주의 어둠을 이어받은 마르코는 이 틈을 노릴 정도의 역량까지 성장했다.

콰득!

제르가 소형 마력 방패를 만들어 방어하려 했지만, 마르코의 전력을 담은 근원을 온전히 피하진 못했다.

방패째 부서뜨린 검은 손이 제르의 옆구리를 뜯어 버렸다.

"이 버러지 같은!"

제르가 마력을 휘감은 팔로 마르코를 쳐 냈다.

지면에 떨어지기 전, 적의 신관이 달려가 마르코를 안아 들었다.

고작 한 팔에 직격당했을 뿐인데, 마르코의 전신이 부어오르고 곳곳에 피가 흘러나오고 있었다.

"쿨럭. 더럽게 아프네……."

하지만 마르코는 웃었다.

온전한 상태여도 모든 마도사들을 감당하기 어렵다.

하물며, 피를 철철 흘리는 제르가 루인을 상대로 오래 버틸거라 생각하지 않았다.

"네놈이 감히 나와의 승부에서 비수를 꺼내 들었단 말이야!"

제르가 노하여 소리치자 감응한 마력이 천지를 뒤흔들었다.

마력의 근원과도 같은 사내에게 루인은 덤덤이 지팡이

를 들었다.

"궁지를 논하려거든, 전쟁이 아니라 결투를 신청했어야지."

루인은 제르에게 침식당한 마력을 풀어 버렸다.

그리고 독자적인 마력을 작게 응축시켜 상실의 덩어리를 만들었다.

"그 몸으로 어디까지 내 마도술을 장악할 수 있을까?"

쏘아 올린 상실의 구체를 제르가 피했다.

처음으로 맞받아치지 않았다.

상처 부위에서 퍼져 나오는 검은 선이 그의 집중력을 저하시켜 나간 것이다.

루인이 씨익 웃으며 사방에 상실의 구체를 만들었다.

공간을 넓게 펼치는 것보다 농도를 집약시켜 직격으로 쏘아보내는 수단이 오히려 지금의 제르를 상대로 훨씬 유용하다고 판단했기 때문이다.

무려, 100개의 구체가 만들어졌고, 제르의 안색이 창백해졌다.

"근원으로 만든 상처를 치유하려면 하루 꼬박 새워도 부족할 터."

루인이 상실의 구체를 쏘아 보냈다.

제르가 피하든 말든 신경 쓰지 않았다.

그가 움직이고, 집중하는 순간에도 상처는 크게 벌려져 있었으니까.

"어둠이 선으로 피어올라 네 심장에 닿고, 네 피가 멎는 그 순간이 너의 마지막일 것이다."

* * *

곳곳에서 승전보가 울려 퍼지고 있지만 페르노크에게 소식이 닿진 않았다.

전령이 도착하는 속도보다 한발 앞서 13작들의 성을 부숴 나갔던 것이다.

콰아앙!

게던의 성을 함락시키며 페르노크는 주위를 둘러보았다.

분명 이곳에 1만의 대군이 있었지만 마도사들의 존재는 눈에 띄지 않는다.

공포에 떠는 백성들을 뒤로하고 페르노크는 기마대장에게 내려갔다.

"이곳도 마도사는 없다."

"이상한 일이군요. 아무리 정면 대결을 피하려고 하지만 13작의 성 아닙니까. 왜 병사들만을 사지로 내모는지 모르겠습니다."

나중을 기약한다면 병사들까지 물렸어야 했다.

하지만 지금까지 지나온 성마다 병사들은 진을 치고 있었다.

페르노크는 도망치는 자들을 제외하고 모조리 참수했다.

단순히 병력만 내보내는 소모전은 페르노크에게 어떤 위협도 되지 못한다.

그럼에도 꾸준히 병력만 남겨 놓는 이유가 뭘까.

'이 정도로 내 발길을 붙잡지 못한다는 건 알 텐데.'

아직 덫에 아라드가 걸렸다는 보고는 없다.

상황이 새로운 국면을 맞이한다면 페르노크의 수단도 보다 단순해진다.

뚫는다.

모조리 짓밟고 깃발을 꽂아 점령해 나가는 그때가 바로 놈들이 모습을 드러내는 순간이다.

다급한 쪽이 누구인지 철저히 각인시킬 생각이었다.

"보급을 간단히 챙긴 뒤, 가슈팔트의 성으로 향한다."

"예!"

페르노크가 기마대 2천을 선택한 이유는 간단했다.

자신의 속도에 발맞춰 따라올 수 있는 기동력은 오직 기마대뿐이었기 때문이었다.

지독한 속도전.

저들이 무엇을 하건, 그보다 빠른 시간 안에 헤집을 요량으로 휴식조차 간소화했다.

그리고 가슈팔트 성에 이르러 페르노크는 줄곧 병사들만 내몰았던 저들의 이유를 알게 되었다.

"저, 전하……!"

그곳에도 마도사는 없었다.

마법사는커녕, 공성 병기 하나 두지 않았다.

그럼에도 부서진 성문에서 흘러나오는 것은 인간의 상식으로 이해할 수 없는 현상이었다.

"시, 시체가 움직이고 있습니다!"

기마대장이 가리키는 곳.

병사와 백성들이 창백한 모습으로 무기를 쥐며 걸어나오고 있었다.

그들의 눈동자는 온통 새하얗고, 발걸음은 흐느적거렸으며 생기라고는 도저히 찾아보기 힘들었다.

분명, 시체였다.

한데 죽은 자들이 끊임없이 성에서 쏟아져 나오고 있었다.

페르노크의 눈이 가늘게 좁혀졌다.

관찰안이 지면을 타고 흐르는 이질적인 것을 관찰했다.

"사자(死者)……."

머나먼 과거.

기억 속에 잠들었던 악몽과도 같은 그날의 모습들.

"네가 아무리 베어도 생자의 육신으론 사자의 혼을 소멸시키지 못한다. 무쌍이여, 너는 명부에 들어섰느냐."

호박색으로 빛나는 선이 대지를 타고 전장의 병사들을

다시 불러일으키던 사자(死者)의 힘.

 그때와 같은 힘이 지금 가슈팔트의 성에서 가지처럼 뻗어 나오고 있었다.

* * *

 페르노크는 과거의 악몽을 떨쳐 내려는 듯 고개를 털었다.

'그럴 리가 없어.'

 사자(死者)를 바라보고, 부활시키고, 지배하는 권능은 재앙과 함께 묻어 버렸다.

 명계에서도 그들의 흔적은 발견하지 못했다. 모두 영혼과 함께 소멸한 거라 여겼다.

 그런데 지금 이곳에서 호박색 기운과 처음 마주했던 그날과 똑같은 현상이 펼쳐지고 있다.

 페르노크가 가지처럼 뻗어 나온 호박색 기운을 쭉 살피며 말했다.

"성으로 나 혼자 진입하겠다."

"송구하오나, 전하……."

"그대들이 감당할 적이 아니다. 무엇보다 저것은 닿은 자를 전염케 하는 특별한 힘이 깃들어 있다. 내 우려가 단순한 기우에 그치기를 바라나, 지금은 만일에 대비토록 하라. 아군을 물리고 방패진을 세워 최대한 저들과 접촉하지 않도록."

 기마대장이 고개를 갸웃했다. 처음엔 당황스러웠으나 계속 보다 보니 저것은 흐느적거리는 시체에 불과했다.

 마법으로 몰아쳐 죽이면 모든 게 해결될 것처럼 보였다, 도리어 너무 조심스러워하는 페르노크의 모습이 이해되지 않았다.

"저들의 타액조차 치명적인 독이 될 수 있다는 점을 명심하거라."

"예, 전하."

 기마대장은 어쩔 수 없이 병력을 뒤로 물렸다. 그리고 마법사들에게 명하여 색색의 원소 장벽을 세웠다.

 거기에 방패진까지 더하니 작은 성벽처럼 보일 정도의 진형이 완성되었다.

 페르노크가 꼼꼼한 장벽을 확인하며 가슈팔트 성으로 돌진했다.

 낮게 흘린 마력에 시체들이 스산한 기운을 흘리며 반응한다.

 소리도 없이 번쩍 치켜세운 팔에서 사자의 기운이 느껴지자 페르노크는 망설이지 않고 검을 휘둘렀다.

 콰아아앙!

 겹겹의 시체들이 상체부터 사라졌다. 하지만 페르노크는 침음을 삼키며 눈살을 찌푸렸다.

'진정, 사자를 다루는 손의 힘인가.'

하체에서 사자의 기운이 흘러나와 부서진 상체를 다시 '복원'시켰다. 단순한 재생이 아닌 사라진 것을 되돌려 놓는 호박색 특유의 힘이다.

옛날과 다르지 않은…… 아니, 그보다 더 짙다.

완벽히 복원되기까지 고작 5초면 충분했다.

'영혼이 빠져나가기 전, 시체와 영혼을 하나로 묶어 뜻대로 조종하는 힘. 하여, 그 힘이 보급되는 한 영원히 죽지 않고 복원하여 전진하는 불사의 군대. 그때보다 더 지독한 것이 탄생했다고 봐야 하는가.'

페르노크가 쓰게 혀를 찼다.

'이건 생자들이 감당할 무게가 아니야.'

사자 지배의 가장 무서운 점은 지배자가 뿌린 씨앗이 다른 이들에게 전염된다는 것이다.

사자의 손끝이 스친 순간 생자는 죽음에 녹아들어 말 없는 시체가 되고, 타액은 심장을 중독시키는 강렬한 독이 된다.

그리고 늘어난 시체의 수만큼 지배자는 강해진다.

특히 강한 시체는 지배자에게 특별한 권능을 쥐여 준다.

옛날엔 정령술사들이 계약한 정령이 통째로 지배자에게 넘어가기도 했었다.

'이 시대라고 다를 건 없겠지. 어쩌면 마법이 지배자에게 귀속될지도 몰라.'

그 당시의 대처법은 지배자를 죽이는 것뿐이었다.

술사가 사라진 시체는 평온한 안식을 맞이하게 된다.
하지만 영력을 다룬 지금은 두 가지의 해결법이 더 추가 되었다.
하나는 시체와 혼을 한꺼번에 소멸시키는 것.
다른 하나는 관찰안에 포착된 이 호박색 흐름의 근원을 깨부수는 것.
모두 영력을 다루고 영혼을 볼 수 있는 페르노크였기에 가능한 방법이다.
'술사는 어디지.'
잡아서 물어볼 것이 많다.

대체 어떻게 세상에서 지워 버린 불길한 힘을 이곳에서 다루는 건지.
그자는 라키스의 인물인지.
다른 눈과 발을 함께 가졌는지.

과거의 악몽들이 떠오르며 페르노크의 발길을 부추겼다.
순식간에 시체들의 산을 넘어 성내에 진입한 페르노크는 유독 호박색 기운이 짙은 사자들을 마주했다.
"그때는 정령…… 지금은 마법……."
시체가 된 마법사들.
호박색 기운까지 품어 버린 그들은 생전보다 몇 배는

더 증폭된 사악한 마력을 내뿜었다.

치솟는 불구덩이가 왠지 모르게 서늘했다.

그때는 정령술사가 타락한 정령의 힘으로 아군을 휩쓸었고, 지금은 불을 가진 마법사가 물과 바람을 함께 내보낸다.

이를 가능케 만드는 온갖 부조리하고 법칙을 새로 조율하는 것이야말로 호박색 손의 권능.

전혀 상반된 힘을 함께 담아 증폭되는 과정은 몇 번을 봐도 역겨웠다.

본신의 능력이 아니기에 더더욱 지면에 뻗은 호박색 가지로 눈길이 쏠린다.

이 옅은 가지를 쳐 봐야 저들에게 흡수된 호박색 기운을 흐트러뜨리진 못한다.

더 안쪽이다.

사자의 서늘함만 감도는 거리 너머 '그것'이 존재하고 있다.

콰아아아아ㅡ!

수백의 마법사들이 일시에 내뱉는 마력은 동급의 출력을 월등히 넘어섰다.

그야말로 마도사의 마력과 비견할 만하였으나 지금의 페르노크에겐 옷깃조차 스치지 못할 가벼운 장난에 불과하다.

전신 무기화 상태에 돌입하지 않았건만 페르노크는 마

주 달려 나가며 검을 사선으로 내리그었다.

순간, 눈앞의 대기가 일그러지며 영력을 머금은 희끄무레한 칼날이 수백 가닥으로 나뉘었다.

거대한 원소들이 수많은 칼날에 무참히 베이며 소멸했다.

칼날은 기세를 잃지 않고 그대로 시체들까지 휩쓸었다.

마력과 영혼과 육신이 동시에 갈라 스러진 텅 빈 길을 페르노크가 질주했다.

심부로 향할수록 호박색 가지가 더 짙어졌다.

더 이상 사자의 기운이 느껴지지 않을 즈음 호박색 기운이 가장 짙어진 곳에서 생자의 기척이 느껴졌다.

"네놈은……."

라키스 제국의 문양이 박힌 갑옷으로 무장한 사내.

어깨에 달린 휘장은 황실 직속을 상징한다.

'기사단?'

13작이 워낙 존재감이 높아 신경 쓰지 않은 부류가 있었다.

황실기사단.

분명, 전대 황제 때 전장에서 숱한 공을 세웠다고 알려져 있지만, 아라드가 황제로 즉위한 이후 황실기사단은 황궁에 박혀 지내는 존재로 전락하고 말았다.

페르노크의 정보에도 그들은 아라드의 호위병 정도라고 되어 있었다.

그런데 지금 황실기사단원의 손에서 옅은 호박색 기운

이 흐르고 있었다.

그 뒤에 새끼손가락만 한 호박색 보석이 떠오르고 있었는데, 가슈팔트 성을 지배한 권능은 저 보석에서 나오는 듯했다.

"명옥."

페르노크가 덤덤히 중얼거린 단어에 황실기사단원이 움찔했다.

냉막했던 표정에 놀람이 스쳐 갔다.

그럴 만도 했다.

이 시대에 저것의 존재를 아는 이가 관련자들 말고는 없었으니, 페르노크의 입에서 명옥이라는 단어가 흘러나올 때 당황스럽기까지 했었다.

"라키스에 명옥을 만들 줄 아는 놈이 있었단 말인가."

페르노크의 기억 속으로 과거의 처절했던 울부짖음이 스쳐 지나갔다.

명부의 힘을 관장하는 방식이 호박색에 따라 나누어지며.

눈은 사자의 세계를 엿보는 명안.
손은 사자의 숨겨진 힘을 끌어내는 후월.
발은 생사의 경계를 허물어뜨리는 역전.

이들 세 가지의 힘은 각기 명안, 후월, 역전이라 하여 모두 품은 자를 '명왕'이라 칭했었다.

그리고 명왕은 힘을 지니지 않은 자들에게 일시적으로 힘을 부여하는 특별한 은총을 하사하는데, 그것이 바로 저 보석인 '명옥'이다.

 명옥은 사자의 혼을 매개체로 새롭게 정제하여 만들어진 죽은 자들의 비명이라 불린다.

 새끼손톱만 한 크기라면 적어도 3만의 혼이 갈려 나갔다는 뜻이다.

 "이 성에 존재하는 생명들을 모두 죽인 건가. 황실기사단이란 놈들이?"

 "보고대로 불가사의한 놈이군. 어찌 명옥의 존재를 아는지 모르나, 내게 온 것을 다행으로 여기마."

 황실기사단원이 호박색 손을 앞으로 뻗자 명옥이 내려와 힘을 더했다.

 순간, 세상이 노란빛으로 물드는 듯한 착각이 들었다.

 생사의 경계가 허물어지는 순간을 참으로 오랜만에 보는 듯했다.

 "네 목을 가져가 나는 더욱 많은 권능을 전해 받을 것이다!"

 가슈팔트 성이 노란빛에 물들고 대지에 호박색 선이 뻗어 나간 이 순간.

 이 찰나에 들어선 명부의 권능 보유자들은 생자가 간섭하기 어려운 상태로 진화된다.

 황실기사단원의 자신감은 마도사의 앞에서도 변하지

않을 것이다.

 그야말로 성에 새로운 법칙을 세워 버린 이 안에서 물질적인 공격은 모두 무효화된다.

 '그때와 똑같군.'

 처음 이 낯선 권능과 마주했을 때와 다른 것이 하나 존재한다면 그건 상위의 개념.

 영력은 모든 힘의 근원이자 시초이다.

 명부의 힘이 생자의 마력을 억누르듯이 영력은 그보다 강하게 사자의 힘을 압박한다.

 우우우웅!

 발아래로 내린 검 끝이 묘한 공명음을 터트리자 황실기사단원도 심상치 않은 무언가를 느꼈다.

 마도사를 앞두고도 긴장하지 않았던 황실기사단원은 메마른 페르노크의 눈동자에서 이루 말하기 어려운 오싹함을 느꼈다.

 몹시도 혐오스러운 것을 눈앞에 지켜보는 자의 분노.

 식은땀이 흘러내리며 황실기사단원의 자존심을 자극한 순간.

 쾅!

 샛노란 세상에 작은 균열이 잃었다. 생자의 물질적인 힘으론 간섭하기 어려운 장벽들이 검 끝에 꿰뚫리고 대지를 갈라 버렸다.

 콰콰콰쾅!

성 밖으로 이어진 호박색 줄기들이 헝클어지며 사자의 통제권을 상실하기 시작했다.

황실기사단원이 눈을 부릅뜨며 명옥의 힘을 최대치로 끌어 올렸다.

붕괴된 지면들이 다시 복원되고 사자의 통제권이 회복되어 황실기사단원에게 인간을 초월한 힘을 안겨 주려 한다.

콰드득!

그 순간 페르노크는 명옥에 아티팩트를 맞부딪쳤다. 상승한 육신을 가지고도 페르노크의 움직임을 미처 보지 못했던 황실기사단원이 뒤늦게 반응했다.

그러나 몇 걸음 떼기도 전에 영력이 주입된 명옥은 비명과도 같은 굉음을 터트렸다.

끼이이이익!

콰앙!

황실기사단원이 달려든 그때, 명옥은 부서져 셀 수도 없는 조각들로 나뉘었다.

페르노크가 영력을 흩뿌리자 그마저도 녹아내렸고, 샛노란 세상은 다시 푸른 하늘을 되찾았으며, 지독했던 사자의 기운이 사라졌다.

그리고 황실기사단원은 평범한 인간으로 되돌아갔다.

"어찌……."

페르노크가 그의 옆구리를 후려 찼다.

갈비뼈가 부서진 황실기사단원은 바닥에 처박혀 가쁜 숨을 내쉬었다.

고통으로 일그러진 얼굴을 무심히 내려다보며 페르노크가 그의 정수리를 붙잡았다.

"권능이 사라진 네 몸은 마법사만도 못하지."

페르노크가 특이계 마법을 발동했다.

"네 과거를 내게 보여라."

황실기사단원이 정수리로 주입되는 마력에 몸부림쳤다.

이윽고 그의 눈이 새하얗게 뒤덮이며 마력에 침식당했다.

커넥션.

상대의 이지를 자신의 생각과 연결시켜 원하는 시점을 들여다보는 7레벨 마법이다.

* * *

깊고 어두운 공간이다.

주위가 촛불로 일렁이는 곳에 기묘한 조각상들이 자리하고, 일곱 명의 남녀가 어둠에 무릎 꿇고 있다.

그들 앞에 두 남녀가 시립해 있었다.

가면을 쓴 남자와 후드를 눌러쓴 여인.

음침해 보이는 그들은 한 곳에 시선을 고정시키고 있었다.

어둠 속에 호박색 광채가 일렁였다.

이윽고 장막을 찢으며 찬란함을 두른 젊은 남자가 모습을 드러냈다.

호박색의 눈과 손과 발.

명안, 후월, 역전을 한 몸에 지닌 '명왕'의 뜻을 이어받은 자.

"너희는 모두 세상에 버림받았다. 마력 하나 타고나지 못하여 나처럼 뜻을 이루지 못했다. 하나, 그런 너희를 내가 구원하겠다."

사내의 손과 발에 깃든 호박색이 각각 여인과 남자에게 향했다.

그리고 일곱 앞에 일곱 개의 작은 명옥이 떨어졌다.

부복한 자들이 조심스럽게 명옥을 짚자, 각각 눈과 손과 발에 희미한 빛이 일렁였다.

"무수한 전쟁으로 만들어진 영혼의 조각들은 사자의 힘으로 온전히 가공되어 세상에 씨앗을 뿌렸다. 하여, 그것은 온전한 권능은 아닐지나, 그것만으로 너희는 그토록 염원하던 꿈에 한 발짝 다가갈 수 있다."

일곱 명이 머리를 숙이며 명옥을 높게 치켜들었다.

마치 신에게 공물을 바치듯 절대적인 충의를 맹세하는 그들에게 사내가 외쳤다.

"그것이 쓰이는 날이 곧 세계를 사자의 힘으로 뒤덮게 될 것이다. 나는 이 세상에 사자의 세계가 열리지 않기를 바란다. 내가 다스리는 세계가 생명으로 충만하기를 원한다. 하여, 나는 그것이 쓰이는 일이 없기를 소망한다."

그리고 시립한 두 남녀가 무릎 꿇자 사내가 흐릿한 미소를 머금었다.

"그러나 이 순간만큼은 너희가 세상에 드러나기를 바란다."

"모든 것은 저하의 뜻대로 이루어질 것입니다!"

그들이 한목소리로 외쳤다.

"황제가 되시옵소서, 아라드 저하!"

* * *

페르노크가 천천히 손을 거두자 황실기사단원이 옆으로 기울어졌다.

발작하듯 떨어 대는 몸을 베어 버린 페르노크가 주위를 둘러보았다.

권능에서 해방된 영혼들이 승천하고 있었다.

"황제."

페르노크가 어두운 공간 속에 자리 잡은 조형물을 떠올렸다.

"고대의 괴물을 삼켰는가."

그건 분명 오래전 카이드였던 그가, 자신의 목숨과 바르간타의 멸망이라는 대가로 함께 부숴 버린 초대 명왕의 잔재였다.

* * *

페르노크가 카이드였던 시절에 처음 대면한 사내는 자신을 '명왕'이라 일컬었다.

초대 명왕, 아스탈.

그는 황실기사단원의 기억 속에서 본 아라드보다 몇 배는 더 지독한 사자의 기운을 가지고 있었다.

특히 그는 생자들에게 기운을 흩뿌려 사자의 군대로 만드는 생자역전술의 대가였다.

그 혼자만으로 여러 왕국들을 쑥대밭으로 만들었으며, 죽은 자들의 시체를 통솔하고 특별한 정령력까지 휘하에 다스렸다.

페르노크가 처음으로 상대해 본 벽과도 같은 존재였다.

"너의 수호령엔 죽음이 깃들어 있군."

연전연패하던 어느 날, 명왕과의 다섯 번째 사투에서 페르노크는 수호령의 진정한 모습을 각성시켰다.

그리고 명왕과 흡사한 힘으로 적의 대군과 맞서 싸웠다. 수많은 희생이 야기된 한복판에서 명왕은 자신의 조각상을 세웠다.

그것은 무수한 혼으로 이루어진 사자상.

모든 왕국이 교차되는 지점에 세워진 사자상은 거대한 죽음을 흩뿌리며 세계를 벼랑 끝에 밀어 넣었다.

그리고 페르노크는 자신의 목숨과 왕국의 멸망이라는 대가와 맞바꿔 명왕과 사자상을 부숴 버렸다.

재앙이 막을 내린 곳에 생자와 사자는 남지 않았다.

모든 것이 허무해져 버린 그 세계를 페르노크는 아직도 기억하고 있다.

'사자상은 조각까지 소멸시켰다. 존재해선 안 될 것들이기에 더욱 철저히 없애 버렸지. 그 안에 담긴 사자의 힘도 함께 사라져야 옳다. 한데, 아라드에게 사자상의 조각이 있다……?'

예상되는 경우의 수는 단 하나.

약탈자 무리의 생존자가 명왕이란 존재를 되살리고자 했던 것.

하여, 명왕이 만든 사자상을 똑같이 흉내 내고 그 안에 사악한 힘을 깃들게 하였던 것뿐이다.

'근원이나 아티팩트처럼 유산 같이 내려온 건가.'

문제는 사자상에 깃든 힘이 범상치 않다는 것.

언뜻 보아도 상당한 사자의 힘이 깃들어 권속들까지 만들어 낼 정도였다.

그 안에 담긴 것이 힘뿐만 아니라 약탈자들의 원혼까지 함께한다면 아라드는 그들의 지식을 함께 전승받았을 가능성이 높다.

'하나, 악령에 휘둘리지 않았어. 이건 호박색…… 명부의 권능을 자신의 것으로 만들어 오히려 악령까지 삼켜 버렸다는 뜻인데…….'

아라드가 악령에 지배당했다면 이 세계는 페르노크가 반생하기도 전에 멸망했을 것이다.

하지만 아라드는 페르노크와 맞상대하는 것을 거부할 정도로 냉철한 판단력을 가지고 있다.

악령이 뿌린 씨앗이 싹을 틔워 오히려 아라드의 힘으로 완성되었다는 뜻이다.

'명왕의 특징은 힘이 시간을 거치며 새롭게 변화한다는 것이지. 특히, 사자들을 통솔할 때마다 흡수되는 특별한 힘들…… 마력이나 마법 같은 것들이 명왕과 합쳐져 새롭게 진화될 가능성이 높아.'

초대 명왕도 똑같았다.

정령을 흡수하자 시체에 특별한 속성을 부여하는 듯 새로운 변화로 도약했었다.

실시간으로 변수가 창출되는 것만큼 까다로운 존재도 없다.

'완전한 각성을 이루진 않았어. 그랬다면 힘을 3개로 나누지 않았을 거야. 무언가 불안전한 부분이 있기에 지금껏 세계를 통일하지 못하고 사자상의 조각까지 남겨 둔 거겠지. 그리고 지금은 그것을 완성시키기 위해 시간

을 벌고 있다.'

페르노크가 쓰게 혀를 찼다.

명왕의 또 다른 특징은 힘을 발동하기 전까지 사자의 기운이 느껴지지 않는다는 것이다.

관찰안으로 파악한다면 바로 명왕의 혼까지 샅샅이 뒤질 수 있겠지만, 문제는 직접 봐야 한다는 점이다.

아라드가 관찰안의 영향이 미치지 않는 깊은 곳에 숨었다면 페르노크도 정확한 위치를 특정하기 어렵다.

그걸 찾기 위해 덫을 놓았지만, 상대에게 명부의 기운이 있다면 작전을 수정해야 한다.

명왕의 권능은 생자의 간섭을 거부하기 때문이다.

'명옥이 몇 개나 있는지 모르나, 대처할 방법은 충분히 있어.'

페르노크가 황량한 성을 뒤로하고 기마대에게 향했다.

거대한 방진 앞에 무수한 시체가 쌓여 있었다.

관찰안으로 기마대를 쭉 훑어보았다.

모두 명부에 노출된 흔적이 없었다.

하지만 기마대장은 상당히 놀란 표정이었다.

"저, 전하……."

처음 자신감과 달리 사자들과 맞부딪치며 현실을 자각한 듯했다.

시험 삼아 몇 개의 마법을 던져 본 모양인데, 시체들이 계속 복원되며 전진하니 감히 칼을 겨눌 용기가 나지 않앉을 것이다.

"부상자들은?"

"없습니다!"

"성내는 진정시켰다. 하지만 이 시체들이 다시 살아나지 않는다는 보장은 없어."

"하오나, 이미 정리가 되었다고 하지 않으셨습니까."

"명옥이라는 물건이 있다. 거기에 시체들을 조종하는 술사들이 더해진다면 썩어 문드러진 뼛조각이라도 다시 모습을 되찾고 전진한다."

"……!"

"생사의 경계가 무너지게 되는 것이지."

기마대장이 딱딱하게 굳은 얼굴로 물었다.

"하온데, 전하께서는 이것들을 어찌 무너뜨리셨습니까. 그 방도를 일러 주신다면 저희가 길을 열겠습니다!"

"너희들이 따라 할 수 없는 것이나, 내가 특별한 것을……."

페르노크의 영력이 손바닥에 맺히는 순간이었다.

사방에서 전서응들이 날아왔다.

아군의 전멸급 위기를 상징하는 검은색 쪽지가 발목에 매여 있었다.

페르노크가 영력을 거두고 쪽지를 펼쳤다.

해안가를 제외한 내륙 세 곳에서 똑같은 내용이 담겨 있었다.

시체들이 되살아나 성을 두드리고 있습니다.

방금 전, 후방에서 죽인 적군들이 이곳으로 진격합니다.

죽은 자가 몇 번이고 몸을 복원시키고 있습니다. 사상변환이 통하지 않습니다.

상황은 보지 않아도 알 수 있었다.

지금 그들은 적진 깊은 곳까지 진격했다.

라키스의 13작들이 숨죽인 덕분에 성을 빠르게 공략했고, 적군의 시체가 사방에 즐비하다. 그리고 그들은 시체를 치울 여유가 없었다.

라키스의 수도로 향해야 한다는 목적에 따라 강행군을 펼치고 있었다.

그렇다면 지금 그들이 죽인 적군의 시체들은 누구의 명을 따르고 있을까.

"사자의 무리들을 만들려고 했나. 자신의 백성들까지 희생시키면서……."

필사적이기에 까다롭다.

승기를 잡은 줄 알았던 이쪽이 오히려 적진 한복판에 갇혀 버렸다.

모두 명옥이 있기에 가능한 일이다.

평범한 마도사들은 절대 이 상황을 이해하지 못한다.

"……버러지 같은 것들이."

유일하게 그 시대를 겪었던 페르노크는 노기를 흘려보

냈다.

 전장에선 종종 살을 주고 뼈를 취하긴 하지만, 아라드의 집념은 도를 넘었다.

 이렇게 죽은 자들은 어떤 소문도 내지 못하고 오히려 연합군에게 당했다며 라키스 백성들의 투지만 불태운다.

 그런 식으로 차출된 병사들은 계속 부딪혀서 죽고 명옥에 의해 재탄생된다.

 이러한 과정들이 반복되어 결국 제국엔 죽지 않는 병사들이 나오게 되니, 모든 원한은 결국 연합군에게 향할 것이다.

 참상이 싫다면 당장 군을 물려라.

 그리 말하는 듯한 아라드의 집념이 후방에서 밀려오는 것을 느꼈다.

 "후미에서 수천! 아니, 수만……!"

 페르노크가 검을 뽑아 전령의 말을 가로막았다.

 듣지 않아도 충분히 느끼고 있다.

 그들이 지금껏 거쳐 오며 죽여 왔던 시체들이 이곳에 몰려오고 있음을.

 "기마대는 후미를 뚫는다."

 불가능한 일이다.

 어찌 죽지도 않는 자들의 한복판을 가로지를 생각을 하는가.

 특히, 손끝이라도 닿았다간 기마대원들이 시체로 변하

는 상황에서, 사자의 무리들과 맞부딪치는 건 터무니없이 위험해 보였다.

하지만 기마대장은 많은 생각을 단순하게 정리했다.

페르노크가 할 수 있다면 뭐든지 뚫어 버린다.

지금껏 숱한 전장에서 패배를 몰랐던 페르노크를 믿기에 기마대는 비장한 표정을 지으며 정렬했다.

전신무기화 상태에 돌입한 페르노크가 후방에서 밀려오는 적들에게 검을 겨눴다.

명부의 짙은 기운이 어디로 향하는지 관찰안에 포착되었다.

"이 대군이 연합군에게 향하면 모두 죽는다. 여기서 수십만의 시체를 다스리는 특별한 놈을 죽일 것이다. 결코 내게서 뒤처지지 말도록."

"충!"

우렁찬 목소리가 전장을 뒤흔들 때, 페르노크는 더 퍼스트의 힘을 개방시켰다.

전신무기화 상태에 영력을 더하니 엷은 실처럼 퍼지며 수천의 기마대를 감싸 안았다.

이 순간, 그들은 사자의 무리들에게 대항할 방패와 검이 갖춰졌다.

"베어라. 모조리 짓밟고 끝에 도달한다."

"명을 받드옵니다, 전하!"

페르노크가 선두로 진격했다.

가벼운 뜀걸음이 말보다 빨랐다.

기마대장이 고삐를 틀었을 때, 페르노크는 먼저 사자의 무리들과 맞부딪치고 있었다.

하지만 그가 기마대를 감싼 영력은 아직 사라지지 않았다.

이 옅은 고리가 끊어지기 전에 페르노크를 따라가야만 한다.

"전하께서 죽음도 극복할 힘을 주셨으니, 마지막까지 용맹하게 싸워 바르간타의 위엄을 증명하라!"

수천의 기마대가 흐느적거리는 사자의 무리들을 가로질렀다.

놀랍게도 영력이 깃든 창과 검이 시체들을 휩쓸자 더 이상 복원되지 않고 축 늘어졌다.

'마법에도 끄떡없던 놈들이 전하의 가호 앞에 속절없이 무너진다!'

불사신이라고 여겼던 시체들이 수숫단처럼 쓰러지자 기마대의 사기가 하늘을 찔렀다.

그들은 페르노크가 만들어 놓은 길을 따라 사방에서 밀려오는 적들을 무참히 베어 나갔다.

마법에도 영력이 덧씌워져 유효한 타격을 입히니, 오히려 응집된 적들을 한 번에 쓸어버리기 좋았다.

"짓밟아라!"

"겁먹지 말고 진격해!"

"전하와 멀어지면 이 가호도 사라진다!"

"투지를 불태워라아아아!"

페르노크가 고함이 오가는 전장을 힐끗 살폈다.

'역시, 통하는군.'

영력으로 명부를 억누를 수 있다면, 영력으로 만들어진 무기를 쥐여 주면 그만이다.

더 퍼스트를 통해 전신무기화 상태의 순환연동으로 영력을 증폭시켜 아군을 감싸니, 명부는 감히 다가오지도 못할 방패와 영혼까지 소멸시킬 검이 탄생했다.

'그때는 나의 수호령이 오직 나에게만 허용되어 명부가 생자를 쓸어버리는 모습을 지켜만 봐야 했었지. 하지만 지금은 다르다.'

악몽 같았던 기억을 검 끝에 털어 버리며 페르노크는 수십만 대군을 휩쓸었다.

'영력으로 무기를 쥐여 주면 누구라도 네놈들을 죽일 수 있어.'

사방에서 사자의 기운을 머금은 마법들이 빗발쳤다.

아군까지 휩쓸리는 것을 아랑곳하지 않는 듯 셀 수도 없는 마법들이 쏟아져 내렸다.

페르노크는 굳이 특별한 방벽을 세우지 않았다.

전신무기화의 특징은 온갖 충돌을 모두 흡수하여 힘으로 전환하는 것.

마지막 3차 진화까지 꺼낼 필요도 없다.

이들은 자신들이 만들어 낸 힘조차 감당하지 못하고 있으니까.

콰아아아앙!

검을 타고 흐른 영력이 그들의 힘을 함께 머금어 적진 한복판에 거대한 구멍을 뚫어 버렸다.

순식간에 수천이 사라졌다. 전체에 비하면 크지 않을 숫자였으나, 한순간에 생긴 구멍은 호박색 기운이 급하게 달려와 복원시키는 과정을 만들게 하였다.

덕분에 관찰안은 적의 위치를 정확히 파악했다.

간사한 놈은 시체 틈 사이에 숨어 조용히 시체들을 조종하고 있었다.

그 품 안에 주먹만 한 크기의 명옥이 잠들어 있다.

쾅!

목표를 포착한 페르노크는 한걸음에 허공을 넘어 거리를 좁혔다.

"……!"

시체의 옷자락을 걸친 존재가 눈을 부릅떴다. 페르노크가 시체를 가르며 다가오자 적잖이 놀란 듯했다.

어떻게 사자의 힘을 무력화시키는지 의문마저 감도는 눈앞에 검을 들어 올렸다.

"그때도, 지금도."

가슈팔트 성의 황실기사단원과 마찬가지로 시체들을 조종하고 그 힘을 빼앗아 자신의 것으로 삼는 자.

하지만 저 평범한 육신은 이 모든 힘을 감당하지 못한다.

그가 제아무리 명옥을 꺼내어 사자의 기운을 폭사시킨다 한들 영력이 발하는 찬란한 빛 앞에선 모두 흩어질 뿐이다.

삽시간에 명옥이 갈라지기 시작하자 술사는 시체들을 장벽처럼 모아 세웠다.

하지만 이미 늦었다.

페르노크는 장벽이 뭉쳐지는 틈을 파고들어, 술사의 인지보다 월등히 간격을 좁혔다.

"네놈들같이 더러운 것들의 시대는 없다."

당황하는 술사의 단순한 움직임을 쳐 내고, 시체들의 짙은 독을 흐트러뜨렸다.

그리고 페르노크는 무방비해진 명옥과 술사를 동시에 반으로 갈랐다.

* * *

술사의 몸이 갈라지며 튀어나온 혼이 명옥에 닿기 전 영력으로 소멸시켰다.

피가 흘러넘친 자리에 라키스 제국의 황실기사단을 상징하는 문양이 보일 때쯤, 물밀듯이 밀려오던 수만의 시체가 풀썩 쓰러졌다.

"전하!"

뒤늦게 도착한 기마대장이 쓰러지는 시체들을 보며 환하게 웃어 보지만, 페르노크는 긴장을 늦추지 않았다.

"아직이다."

선두에서 달려오던 시체들은 술사가 죽으면서 함께 통솔권이 사라졌지만, 중후방에서 밀려오는 적의 2, 3파는 아직도 멀쩡했다.

그들 지면에 호박색 가지가 넓게 펼쳐진 모습을 살핀 페르노크가 미간을 찌푸렸다.

'대체 얼마나 많은 명옥을 만든 거지?'

술사가 소지했던 주먹만 한 크기의 명옥이라면 최대 5만의 시체를 조종할 수 있다. 그러한 것이 적어도 2, 3개가 더 있다는 뜻이었다.

굳이 머릿수를 헤아릴 필요도 없었다. 왜냐하면 저들은 페르노크가 7번째 성까지 진격할 때, 죽여 버린 라키스의 병사들이었기 때문이다.

성 하나당 대략 2, 3만 명이 있었으니, 십 수만은 되어야 옳다.

하지만 병사들 사이에 병기를 쥐지 않은 백성들까지 섞여 있다.

가슈팔트의 성처럼 명옥의 재료로 만들기 위해 죽여 버린 것이다.

참상에 애도할 시간은 없었다.

아라드가 작정하고 명옥을 풀어 버린 이상 라키스 제국

은 모두 사자의 터전이 되어 버렸다.

마법과 마도술로 약간 저지할 순 있어도 결국 희생이 시작되면 명옥은 끝도 없이 세력을 불려 버린다.

넘쳐 나는 역병 같은 놈들을 연합군은 감당하지 못한다.

적어도 페르노크가 대처법을 주기 전까지는 말이다.

"아무래도 이곳의 명옥은 뿌리째 뽑아야겠군."

"명옥이라니요?"

"호박색의 보석. 하나, 너희들은 절대 그것에 손대지 말거라."

페르노크가 검을 털자 희끄무레한 빛이 사방에 터져 나왔다.

"지금처럼 나를 따라 적진을 가로지른다. 그것만 명심하도록."

"예, 전하!"

페르노크가 맥시멈 임팩트를 터트리며 사자의 무리들을 돌파했다.

* * *

성황국이 수월하게 공성을 시도하던 중 예상치 못한 전투가 급하게 시작되었다.

"성황 예하!"

"적의 상태가 이상하옵니다!"

공성의 선두를 이끌던 두 신관이 께름칙한 표정을 지으며 성을 가리켰다.

13작 그란드 자작의 성.

국경 너머의 성이라 성벽이 두터웠고 3만의 대군이 포진해 있었다. 하지만 그란드는 지금 이 성에 없었다.

기껏해야 고위 마법사들이 성을 지키는 중이었다.

당연히 마도사인 두 신관의 적수가 되지 못했다.

마도사를 보유한 쪽이 마도사가 없는 성을 손쉽게 무너뜨리는 건 당연한 이치였다.

하지만 성을 두드리던 중, 소름 끼치는 무언가가 느껴졌다.

그것이 '재'가 되었던 병사들을 다시 복원시키고 있었다.

"죽은 자들이 되살아나고 있습니다!"

아리샤가 직접 허공에 떠올라 성을 살폈다.

두 신관의 말처럼 포화에 재가 되어도 이상하지 않을 병사들이 멀쩡한 모습으로 되살아나고 있었다.

하지만 무언가 삐걱거리는 모습이었다. 이지를 상실하여 흐느적거리며 걸어 다니는 모습이 흡사 시체를 보는 듯했다.

'시체가 살아났다?'

마도사의 기척은 느껴지지 않는다.

전대를 포함하여 그녀가 아는 13작들 중 죽은 자를 되살리는 마도술을 가진 자는 없었다.

'뭐지?'

마도술도 아니고 마력은 느껴지지 않는데 시체는 계속 늘어나고 있다.

묘한 상황은 고심할 시간조차 주지 않았다.

성벽 앞에 쌓인 성황국의 시체까지 함께 되살아나 진격해 오고 있었던 것이다.

"병사들을 모두 물리세요."

가급적 많은 변수들을 고려하여 마력을 아껴 왔던 아리샤가 직접 나설 수밖에 없었다.

성황국 본대가 일정 거리 이상에 거리를 두자마자 아리샤가 합장하듯 손바닥을 모았다.

그녀의 몸에서 작은 원형의 구체가 생성되었고 적진 한복판에 띄워 올려지기 무섭게 성을 뒤덮을 정도로 팽창했다.

사상변환.

이 영역 안에 속한 모든 것들의 인식과 형태를 새롭게 재구축한다.

그녀의 강대한 마력이 시체들에 스며들었다.

'모든 마력은 평범한 기류로 흐트러지고, 시체들은 오직 내 통솔을 따른다.'

거부할 수 없는 명이 성안에 전달되었다.

의지를 머금은 마력이 함께 스며들어 시체들의 움직임을 멈춰 세웠다.

모든 통솔권이 아리샤의 뜻대로 넘어왔다고 여긴 순간이었다.

"카아아아악!"

"……!"

시체들에게서 일제히 괴성이 터져 나왔다.

사자들이 사상변환을 거부하고 영역 밖으로 뛰쳐나오려 했다.

'내 마도술을 거부했어?'

아리샤의 눈이 빠르게 전장을 훑었다.

모든 사고를 확실히 정하기까지 찰나면 충분했다.

'아니, 마도술이 발동하지 않은 게 아니야. 저들에겐 마도술이 흡수되었어. 하지만 마력이 저 안에 스며들지 않은 거야.'

사상변환의 원리는 마력이 대상에게 퍼져 원하는 형태로 바뀌는 방식이다.

하지만 시체들에겐 마력이 고여 있지 않았다. 아리샤가 흩뿌린 마력들은 빈 공간을 맴도는 것처럼 시체들을 지나쳤다.

"성황 예하!"

사상변환이 실패했다는 충격적인 상황을 목격한 두 신관이 나서려 했다.

아리샤가 손을 올려 그들을 저지하고 사상변환의 방향을 성으로 돌렸다.

사자(死者) 〈163〉

성을 이루는 자재들이 모두 분해되어 날카로운 가시가 되었고, 아리샤의 손끝이 가리키는 방향을 따라 소나기처럼 떨어져 내렸다.

콰콰콰콰쾅!

성문을 빠져나오려던 시체들이 가시에 꿰뚫렸다. 하지만 두 신관의 보고처럼 다시 몸을 복원시켰다.

그 순간, 시체들에 감돌았던 기묘한 빛을 아리샤가 포착했다.

'샛노란…… 아니, 호박색에 가까운…… 마력?'

복원되는 순간마저도 마력은 느껴지지 않았다.

그녀가 포착한 호박색의 기운은 마력과 성질이 다른 무언가.

흡사, 크리스를 휩쓸었을 때 보였던 페르노크의 강대한 빛과도 같은 것…….

[퇴군한다!]

그녀가 마력에 사상변환을 담아 대군에 의념을 전파했다.

사상변환도 먹히지 않고, 물질적인 공격에도 끄떡없다.

죽지도 않고, 부서지지 않고, 갈라지지 않으며 맹렬하게 달려오는 저것들에 휩쓸렸다간 본대가 전멸할지도 모른다는 최악의 상황만 떠올랐다.

[절대 저것들과 대적하지 말고 닿지도 말도록!]

아리샤는 몇 가지 상황만을 토대로 정확히 사자들의 무서운 점을 포착했다. 그녀가 지면을 거대한 벽처럼 세워 아군의 퇴로를 확보한 것까지 모두 좋은 판단이었다.

그녀가 나타나지 않았다면 말이다.

"안 되지. 그럼 못써."

아리샤가 목소리를 듣자마자 반사적으로 등 뒤에 마력을 터트렸다. 그리고 그녀는 다시 지면을 내려다보았다.

분명, 귓가에 속삭이는 듯한 음성을 들었다.

기척까지 함께 느꼈다.

그런데 후드를 눌러쓴 여인은 성루에 올라서 있었다.

"놀 상대를 잘못 정한 거 아니야?"

여인이 양팔을 뻗은 순간 아리샤는 이루 말하기 어려운 오싹함을 느꼈다.

양손이 호박색에 물들어 시체들에 스며들자 평범한 사람들 눈에 보이지 않는 특별한 기류가 형성되었다.

S3에 오른 그녀였기에 옅은 흔적이나마 볼 수 있었다.

그리고 수많은 경험으로 짐작했다.

'시체들에게 감도는 무언가를 흡수하고 있다. 마치, 크리스 공작이 적의 마도술을 흉내 내는 것처럼…… 아니, 페르노크 왕이 마력을 흡수하는 것과 같은 이치인가?'

흡수한 힘을 자기 안에 저장하자 손이 보다 짙은 호박색에 물들었다.

그것은 생전 처음 보는 사악하고 불길한 힘이었다.

그동안 여러 적들과 겨뤘지만, 눈앞의 이 요사한 여인은 근본적으로 뭔가 뒤틀어져 있었다.

"아름답네."

후드 속에서 여인이 새빨간 입술로 미소 지었다.

"갈가리 찢어 버리고 싶을 만큼."

뭔가가 날아온다.

눈에 보이지 않지만 S3에 이른 감각이 도망치라 경고했고 아리샤는 허공에서 방향을 틀었다.

스스슷.

귀 옆을 낮은 바람 소리가 스쳐 지나감과 동시에 아리샤가 또 다른 마도술 왜곡을 발동시켰다.

바로 뒤쪽에 흘려보낸 힘을 역으로 왜곡시키자 여인이 새로 쏘아 보낸 무언과 부딪혀 허공에 균열을 일으켰다.

순간, 불꽃처럼 터져 나오는 호박색을 눈에 담으니 사방에 자리 잡은 줄기들이 포착되었다.

모두 호박색으로 이루어져 세상이 샛노랗게 보일 정도였다.

"감이 좋네. 크리스 공작님만큼은 아니지만."

세상이 여인을 중심으로 돌아가는 듯했다.

그녀는 거대한 거목이었고, 호박색이 잔뿌리처럼 튀어나와 시체를 휘감고 있었다.

'내가 간섭할 수 있는 힘이 아니야.'

아리샤는 이 자리의 모두가 호박색에 대처하지 못한다고 판단했다.

'하지만 사람의 형태를 유지하고 있다면 부숴 버릴 수

있어.'

　시체들에겐 통하지 않았지만, 살아 있는 여인에겐 사상변환이 적중할 것이다.

　왜곡을 방패 삼아 호박색에 대처하고 여인에게 직접 마도술을 퍼붓는다면 이 상황이 종식되리라 판단했다.

　여인도 아리샤의 눈길을 느꼈는지 웃으며 두 팔을 뒤틀었고.

　쾅!

　허공에서 마도술과 명왕의 손, 후월이 맞부딪쳤다.

　'힘을 사용하는 방식이 조잡해. 총량에선 내가 앞서. 하지만 마력은 근본적으로 저 불길한 힘을 넘어서지 못해.'

　간섭은 불가하나 되돌려 보낼 순 있다.

　힘 대 힘으로 맞부딪쳐 봐야 애꿎은 마력만 소모될 뿐.

　짧은 시간에 명부의 힘을 대부분 파악한 아리샤는 사상변환을 자신 몸에 걸었다.

　순간, 그녀의 몸이 수백 개로 분열되었다.

　적어도 여인에겐 그렇게 보였다.

　'불길한 힘에 간섭할 수 없다면, 저 주위를 이루는 공간과 대지 그리고 호흡하는 공기와 바라보는 대상을 착각하게 만드는 환술 같은 것들을 흩뿌리면 돼.'

　수백 명의 아리샤가 동시에 사상변환을 일으켰다.

　허공이 족쇄가 되어 여인의 팔을 붙잡고, 공기는 가시처럼 흡수한 자의 폐부를 찔러 들어간다.

여인이 왈칵 피를 토할 때, 수백 명의 아리샤가 일제히 사방에서 덮쳤다.

퍼퍼퍼펑!

역시나 호박색이 장벽처럼 퍼져 나가 아리샤들을 터트리기 시작했다. 하지만 정작 본체를 찾지 못하고 있다.

'의식이 미치지 않으면 이 불길한 기운도 움직이지 않아.'

비틀거리는 여인 앞에 아리샤 본체가 내려섰다.

그리고 여인이 기다렸다는 듯 양팔을 앞으로 뻗으며 호박색 기운을 터트리자 아리샤가 왜곡으로 흘려보냈다.

동시에 무방비해진 여인의 가슴팍으로 손바닥을 밀어 넣었다.

신체에 직접 접촉하여 응축된 마력을 밀어 보내는 가장 완벽한 사상변환이었다.

손끝에 닿는 촉감까지 모든 것이 완벽했다.

"인간이 언제 가장 방심하는지 알아?"

그때, 귓가에서 예의 그 목소리가 들려왔다.

아리샤가 눈을 깜빡였다.

어느새 여인이 사라져 있었고, 남겨진 후드 자락 안에 호박색 보석이 떠올라 있었다.

아리샤의 팔뚝만 한 크기의 보석이 손바닥에 닿자, 등 뒤에서 섬뜩한 미소가 지어졌다.

"모든 일이 자기 뜻대로 흘러간다고 여길 때. 한 치의 의심도 하지 않아."

아리샤가 뒤를 돌아보았다.

라키스 제국의 황실기사단을 상징하는 문양의 경갑옷을 입은 금발의 여인이 웃고 있었다.

"크리스 공작님이 처음이자 마지막 실수를 했던 그때처럼 말이야."

아리샤는 이해할 수 없었다.

분명, 마지막의 마지막까지 모든 변수를 고려하여 두 가지 마도술을 함께 운용했다.

그런데 언제 뒤로 이동했단 말인가.

어떤 낌새도 느끼지 못했다.

아니, 바로 눈앞에서 손을 밀어 넣을 때까지도 그녀는 존재했다.

손바닥에 온기가 여운처럼 남겨져 있었다.

그런데 왜……?

우드득!

"……!"

아리샤는 팔을 빼낼 수 없었다.

명옥이 아리샤의 모든 것을 흡수하기 시작했다.

여인이 입술을 혀로 핥았다.

마치 탐스러운 먹잇감을 보는 듯했다.

"살아 있는 놈들은 절대 사자(死者)에 간섭하지 못해. 한 번 죽인 자들을 두 번 죽일 순 없으니까. 그러니 네 귓가에 드리웠던 죽음을 너무 쉽게 떨쳤던 거겠지."

여인이 아리샤의 등에 두 손을 얹었다.

"네 아름다운 모습 한 톨까지 내가 다 먹어 치울 거야. 패자는 얌전히 내 안에 들어오도록 해."

아리샤가 이를 악물며 남은 손으로 품속의 무언가를 꺼내 들었다.

성배, 알티에의 남은 조각 하나.

페르노크의 불가사의한 힘에 감명받아 그것의 일부가 간직된 조각을 항상 품에 넣고 다녔었다. 그리고 지금 조각에 담긴 영력의 잔재가 명옥과 여인의 간섭을 떨쳐 냈다.

쾅!

아리샤가 팔을 회수하며 급히 전장을 벗어났다.

"이게 뭐야아아아아!?"

당혹스러움과 분노가 섞인 여인의 목소리를 뒤로하고 본대에 합류한 아리샤가 외쳤다.

"페르노크 왕에게 어서 전서를!"

* * *

아리샤는 일주일이 넘도록 퇴각했다.

명옥에 빨려 들어간 마력은 회복되지 않았고, 시체들은 계속 추격을 감행해 왔다.

반면, 살아 있는 자들의 걸음은 시간이 흐를수록 느려

질 수밖에 없었다.

아무리 궁리해도 뾰족한 수단이 떠오르지 않아, 지형을 붕괴시키며 퇴각하는 것만이 성황국의 대처였다.

하지만 그것조차 이제 끝에 다다랐다.

갑옷까지 버리며 도망쳤건만, 병사들의 체력이 더는 버티지 못하고 무너졌다.

"이 잡년아, 그거 또 꺼내 봐!"

알티에의 조각에 뺨이 베였던 여인이 잔뜩 흥분하며 명옥을 띄워 올렸다. 아리샤는 깊은숨을 내쉬며 전면에 나섰다.

두 신관은 사자의 무리들을 막아서고 있었다.

하지만 아리샤가 신호를 주면 언제든지 이곳에 합류할 것이다.

세 방향에서 사각을 지워 버리고 여인을 죽이겠다는 단순한 전략이었으나, 미끼가 아리샤였다.

성공 여부는 미지수였지만 지금은 여인을 죽이는 것 외에 달리 방도가 없었다.

"이제 포기하는 거야?"

비아냥거리는 여인이 손을 들어 올렸다.

사악한 기운들이 몰려와 하늘에 잿빛 구름을 만들어 내고 마력까지 함께 요동친다.

조잡해 보였던 힘의 방식이 시체들을 늘려 갈수록 완숙해졌다.

여인은 어느새 세상을 샛노랗게 물들이며 잿빛 비를 내려보내고 있었다.

아리샤가 왜곡으로 흘려보냈다.

빗방울에 닿은 자들이 모두 시체로 변한 모습을 지켜봐 왔기 때문이다.

그리고 사상변환으로 여인을 이루는 공기와 지형지물을 바꾸며 공격을 시작했다.

시체들이 증폭된 마법을 쏘아 보내며 원거리에서 아리샤를 몰아붙였다.

하늘과 시체들의 포화를 상대하며 아군까지 지키는 아리샤의 손이 바빠졌다.

한 번에 수많은 일을 해낸다는 점이 S3의 강점이라지만 상대는 아직 파악도 안 된 힘을 여럿 보유하고 있었다.

"거봐, 아직도 모르잖아."

분명 전면에서 꿰뚫었던 여인이 다시 귓가에 속삭인다.

"죽었다 깨어나도 넌 안 돼. 살아 있는 사람이니까."

문득, 아리샤는 이렇게 생각했다.

여인이 어떤 수단으로 이동하는 게 아니라, 처음부터 자신의 뒤를 잡고 있었던 거라면?

그 사실을 자신의 마도술로 감지하지 못했던 거라면?

몇 가지 상념이 머리를 스쳤으나 결론은 하나로 이어졌다.

'아무리 공격을 퍼부어도 닿지 않아.'

마도술로는 여인에게 흠집을 내지 못한다.

모든 공격이 빈 공간을 두드리는 것 같은 공허함만이 전해질 뿐이었다.

 아리샤가 고운 아미를 찌푸리고, 여인이 왜곡마저 뒤흔드는 순간이었다.

 서걱!

 "……?"

 날카로운 살육음이 여인의 두 팔을 잘랐다.

 아리샤의 눈이 동그랗게 변했다.

 여인의 팔이 잘려서가 아니다.

 멀리서 날아와 팔을 자른 무기.

 그건 분명, 페르노크의 애병이었던 것이다.

 "후월인가."

 눈 깜빡할 사이 여인의 등 뒤가 봉해졌다.

 아리샤와 마찬가지였다.

 여인은 자신의 등이 사내에게 가려졌다는 사실을 목소리가 들린 뒤에야 눈치챘다.

 황급히 고개를 돌린 여인의 눈가에 서늘한 미소를 머금은 사내가 보였다.

 "페르노크 왕……?"

 콰드득!

 페르노크가 손날을 세워 여인의 등을 꿰뚫었다.

 여인은 피를 흘리지 않았지만 페르노크가 손을 빼내자 놀란 표정을 짓고 말았다.

그녀의 형체를 이루던 코어가 그 손에 들려 있었기 때문이다.

"잔꾀나 부리기는."

페르노크가 손에 쥔 명옥을 부수자 여인의 몸이 세상에서 지워져 갔다.

페르노크는 이어 아리샤에게 시선을 돌렸다.

"상황은 들었다. 긴말이 필요한가?"

"아뇨. 하지만 여긴 어떻게 오신 겁니까?"

"명옥을 보고 생각이 바뀌었다. 전장을 한 번 재구성할 필요가 있어서."

"명옥?"

"네가 상대하는 저것의 이름이지. 시체들을 통솔한다. 술사가 있어야 가능하지만 후월은 잔재를 남기는 것만으로 시체에게 명할 수 있다."

의아해하는 아리샤 앞으로 페르노크가 나설 즈음 멀리서 기마대가 찾아들었다.

한데, 그 모양이 다소 신기하다.

기마대장의 머리 위에 새하얀 구체가 떠올라 있었고, 거기에서 흘러나온 희끄무레한 빛이 기마대를 감싸자 시체들에게 유효한 타격이 들어갔다.

마도사들로도 가로막지 못했던 시체들이 쓸려 나간 것이다.

"후월의 특징은 시체를 통솔하여 그 힘을 자신의 것으

로 삼지. 또한 명옥에 자신의 의념을 담아 실체와 같은 분신을 만들어 낸다. 그리고 명부의 기운이 미치는 곳이라면 어디든지 이동할 수 있지. 네 뒤를 점한 방식도 그러했고."

"공간 장악이란 말입니까?"

"틀려. 티끌만 한 명부의 기운이라도 묻어 있다면 그곳으로 이동하는 방식이다. 대처법은 차차 알려 주도록 하지. 본체도 조만간 다시 올 거야. 내게 꿰뚫렸으니 화가 단단히 치솟았겠지. 그러니 우선은 전략을 가다듬는다."

페르노크가 손바닥 위에 영력으로 만들어진 구체를 띄워 올렸다.

"모든 마도사와 병사들에게 명부를 쓸어버릴 무기를 쥐여 주겠다."

구체가 하늘에 떠오르자 잿빛 구름이 가시고 찬란한 빛이 도래하였다.

3장. 재액의 화신

재액의 화신

하얀 구슬이 태양을 가리고 빛이 세상을 뒤덮었다.

성황국은 아무런 영향도 느끼지 못했으나, 시체들은 모두 괴로워하며 울부짖었다.

뜻밖의 상황에 두 신관이 놀란 것도 잠시.

페르노크의 얼굴을 보게 되자 결연한 표정을 짓는다.

"지금 이 순간 너희는 명부에 대항할 자격을 갖추었다! 검을 높이 들어 올려 적들을 겨누고, 방패를 세워 아군을 보호하라!"

영력이 빛줄기처럼 성황국 본대에 스며들었다.

"나와 성황이 함께할 것이다! 연합군이여! 너희들의 용맹을 증명하라!"

페르노크가 직접 말에 올라타 보란 듯이 기마대와 시체

들에게 돌격했다. 아리샤가 눈치껏 장벽처럼 세워진 사상변환을 거두고 두 신관을 이끌었다.

콰콰쾅!

선두에서 폭음이 일며 시체들이 무너져 내리자 아리샤가 허공에 떠올라 의념을 전달했다.

[신의 가호가 우리와 함께할지니! 더는 두려워 말고 우리의 은총과 함께하라!]

아리샤가 사상변환을 펼치기 무섭게 태양을 머금은 하얀 구슬이 빛처럼 내려와 마력을 감싸 안았다.

그러자 놀라운 일이 발생했다. 사상변환에 닿은 시체들이 아리샤의 뜻대로 터져 나갔던 것이다.

'역시 이건!'

아리샤가 싱긋 웃었다.

분명, 국경에서 보여 줬던 강대한 힘과 같은 종류다.

아리샤가 따라 할 수 없는 불가사의한 힘이 지금 하늘에 떠올라 적을 약화시키고 아군에게 무기를 쥐여 준다.

지금까지 도망치기 급급했던 아군들이 무기를 꼬나 쥐고 덧씌워진 희끄무레한 빛에 용기를 받아 돌격하기 시작했다.

"놈들이 죽는다!"

"신의 품으로 망자들의 안식을!"

"두려워 마라! 이 끝에 빛이 있다!"

그동안 도망치느라 기력이 쇠했을 뿐 병사들의 희생은

없었다.

반들거리는 무기에 영력이 더해지자 온전한 숫자의 대군은 지친 몸으로도 시체를 압도해 나갔다.

무엇보다 사상변환이 통하기 시작한 게 큰 이점이었다.

시체들을 원하는 형태로 변화시키거나 다른 곳에 묶어 한 번에 폭발시키자, 거듭 아군에게 유리한 진형이 만들어졌다.

허공에서 전장을 모두 눈에 담고 있는 아리샤는 아군에게 피해가 갈 일을 단 하나도 만들지 않았다.

무엇보다 두 신관이 활기를 되찾은 것도 전장에 유리한 국면으로 작용했다.

정면에서 페르노크.

양옆을 두 신관이 나뉘어 담당하니 적들은 세 방향에서 치고 들어오는 병력을 막지 못했다.

물밀듯이 밀어닥치는 연합군의 분노가 막바지에 다다를 무렵, 아리샤는 페르노크의 검 끝을 살폈다.

그가 호박색으로 빛나는 보석에게 달려들고 있었다.

누군가 튀어나와 가로막자, 검을 한 바퀴 휘둘러 공격을 흘려보냄과 동시에 보석을 베어 버렸다.

그리고 남아 있는 시체가 풀썩 쓰러졌다.

우우우우······.

때마침 태양을 가렸던 하얀 구체도 모든 힘을 다하여

사라졌다.
"이대로 적의 성을 점령한다!"
페르노크가 우렁차게 외치며 기마대를 이끌었다.
아리샤도 고개를 끄덕이며 외쳤다.
[이곳에서 모든 적을 신의 품으로 돌려보냈습니다. 이제 성은 우리의 것입니다!]
성황국도 지친 몸을 이끌고 다시 성으로 향했다.
지금 그들에겐 몸을 누일 수 있는 장소가 필요했다.

* * *

여인은 눈을 떴다.
습관적으로 머리 위를 쓰다듬었다.
후드는 아직 씌워져 있다.
죽지 않았다.
하지만 자신을 꿰뚫었던 마지막 일격이 자꾸만 머리에 맴돌았다.
하얀빛을 머금고 명옥을 부숴 버리던 냉혹한 눈길.
다시 생각해도 소름이 돋는다.
"크리스 공작님이 당할 만했네."
그녀가 새빨간 입술로 긴 호를 그렸다.
"죽은 자의 힘을 산 자가 어떻게 이기겠어."
고통조차 즐거웠는지 미소를 머금으며 그녀가 몸을 일

으켰다.

 품 안의 명옥을 호박색 손에 쥐고 눈을 감자 곳곳에 흘러넘치는 명부의 기운이 느껴진다.

 그중 하나를 붙잡고 의식을 집중하자 순식간에 어두운 동굴 속에 들어섰다.

 "도중에 딴 길로 샜더구나."

 부드럽지만 거역할 수 없는 목소리에 그녀가 눈을 뜨고 즉시 무릎 꿇었다.

 "송구하옵니다, 폐하! 공작과 나라를 이런 지경으로 만든 연합군의 역량을 확인해 보고 싶었습니다!"

 "그래서 어땠지, 루나?"

 부기사단장 루나가 후드를 벗고 고개를 올리며 섬뜩한 미소를 머금었다.

 "대신관의 역량은 역시 훌륭했습니다. 제게 후월이 없었다면 첫 대면에 먼지가 되었을 겁니다."

 "하나, 대신관 때문에 네 분신이 쓰러지진 않았을 터. 누구냐. 누가 명부에 간섭할 수 있었더냐."

 "페르노크입니다. 그자가 하얀 구슬을 들고 저를 꿰뚫었습니다."

 "하얀 구슬?"

 "명부와 다르지만 묘하게도 죽은 자의 힘이 깃들어 있었습니다. 한데, 그것이 명옥과 반발하는 상극의 힘을 뿌려 연합군이 사자들을 휩쓸도록 도와줬습니다."

"명옥과 비슷한 성질이나, 명옥에게 해를 끼칠뿐더러, 아군에게 가호까지 내릴 수 있는 힘……."

아라드가 고개를 돌렸다.

호박색으로 빛나는 눈동자에 전의가 타오르고 있었다.

하지만 그것도 잠시.

그가 언제 그랬냐는 듯 다시 눈을 정상으로 되돌리며 끓어오르는 감정을 억눌렀다.

"……허허허, 그 정도일 줄은 몰랐거늘. 네 덕분에 대략적인 윤곽이 잡히는구나."

"페르노크의 힘을 알고 계시옵니까?"

"기록을 살펴봐야겠으나, 분명 태초에 존재했던 힘일 것이다. 이 기억의 주인도 한때 그것을 다루었었지."

"하오면, 어찌 대처할까요?"

아라드가 고개를 저었다.

"굳이 페르노크와 싸울 필욘 없다. 우린 지금껏 하던 대로 하면 돼."

"계속 성을 내주실 생각이십니까?"

"대업을 위해선 불가피한 일이다. 전쟁이란 그런 것이다. 희생은 언제나 동반되며, 다만 그것이 우리에게 유리한 쪽으로 이어지도록 조종할 뿐이지."

아라드가 피식 웃었다.

"지금 이 순간에도 시간은 흘러가고 있다. 우리 뜻대로 조율되도록 기사단의 역량을 집중시킬 때다."

"하오나, '타이르'의 사자들만으론 이 정도 크기의 명옥밖에 만들지 못했습니다."

루나가 품에서 조심스럽게 허벅지만 한 크기의 명옥을 꺼냈다.

아라드는 아무 말 없이 명옥을 띄워 제단의 고치에 놓았다.

명옥이 고치에 스며들자 영롱한 호박빛이 동굴을 감싸 안았다.

"완전한 형태를 띠기 위해선 아직도 부족하군."

"송구합니다!"

"너의 잘못이 아니다. 애초에 크리스의 그릇이 수십만의 사자들론 만족지 못할 만큼 거대한 것이야."

"하오면, 제가 다시 명옥을 만들어오겠습니다! 아직 시체들은 널려 있으니……."

"효율적이지 못해. 넌 그대로 적들을 교란시키거라. 다른 명옥은 이미 단장에게 명해 놓았다."

"제스 단장 말입니까?"

아라드가 고개를 끄덕이며 싱긋 웃었다.

"이제 외곽은 모두 연합군 손에 떨어졌다. 우리가 지킬 것이 없으니, 마음대로 유린할 수 있지."

제스의 능력을 떠올린 루나가 마찬가지로 씨익 웃었다.

확실히 제스의 능력은 명왕의 발, 역전.

생사의 경계를 허물어뜨리는 까다로운 권능과 더불어 통제하지 못하는 힘이 함께 깃들어 있다.

아군까지 함께 휩쓸어버릴 힘 때문에 줄곧 사용하지 못하고 관망해 왔던 것이다.

그는 혼자 움직일 때 몇 배로 강해지는 사람이다.

"연합군이 제국의 시체까지 도륙했다는 정보가 곧 나라에 떠돌아다닐 것이다. 남은 백성들이 모두 한뜻으로 움직이겠지."

아라드가 고치 안에 잠든 크리스를 떠올리며 웃었다.

"이 맥박이 요동치는 그날에 제국은 유일한 국가가 될 것이다."

* * *

라키스 제국의 백성 하나 남지 않은 성에 연합군이 자리를 잡았다.

성안의 물자를 모두 끌어모아 굶주린 자들에게 나누고 기마대가 성벽 곳곳에서 보초를 섰다.

병사들이 쉬는 틈에도 지휘관들은 바쁘게 모였다.

상석의 페르노크를 중심으로 각 지휘관들이 긴 테이블에 앉아 있었다.

페르노크가 테이블에 명옥 조각을 꺼내 보였다.

"이것은 명옥이라 한다."

이것이 가진 힘을 깊게 설명할 필요도 없었다.

한번 경험해 본 자들은 불길한 느낌을 지우지 못하고 표정에 드러냈다.

"우리가 다루는 마력을 생자의 힘이라 칭한다면, 명옥은 정확히 그에 상반되는 힘을 가지고 있지."

"마도술이 먹히지 않은 게 상극이라는 이유 때문입니까?"

신관의 물음에 페르노크는 고개를 저었다.

"특별한 계기만 주어진다면 마력도 명옥에 타격을 입힐 수 있다. 완전한 상극은 아니라는 뜻이다."

"하지만 아무것도 할 수 없었습니다."

"힘의 성질이 근본적으로 다르기 때문이다. 마도술이란 마력을 부여하여 형태를 구현화하는 것인데, 사자는 마력을 그저 통과시킨다. 그리고 체내의 마력을 모두 외부로 흘려보내지. 따라서 그 몸에 남은 것은 오직 명부의 힘뿐이다."

"하면, 왜 외부에서 파고드는 공격에도 녀석들은 재생했던 겁니까?"

"재생이 아니다. 원래 있던 형태로 복원되는 것이지. 이를 메모리얼이라고 부르는데, 명옥이 사자의 형태를 본래의 모습으로 되돌아가도록 힘을 부여한다."

"마력은 통과시키고, 명옥만 받아들여 무한히 복원한다……."

"문제는 명옥이 '전염'시키는 힘이라는 것에 있다."

그 순간 지휘관들의 표정이 무거워졌다.

모두 시체에 휩쓸려 함께 사자가 되었던 연합군이 떠올랐던 것이다.

"사자가 휘두르거나 뱉고 스치는 모든 것이 아군을 전염시킨다. 시체가 늘어날수록 명옥의 힘은 불어나게 되지. 특히나, 명옥을 다루는 술자는 시체의 특별한 힘까지 거머쥐게 된다."

"마법 말이군요."

아리샤가 루나의 다양한 공격을 떠올리며 답하자 페르노크는 고개를 끄덕였다.

"시체의 수만큼 강해지고, 시체의 특별한 능력을 계승하는 것이 손의 힘이다."

"손?"

"발과 눈이 따로 있다. 그들 셋을 함께 간직한 자를 일컬어 명왕이라 칭하지."

"……다른 존재가 더 있다는 말입니까?"

"지금은 세 개로 나뉘었다. 고작, 나눠진 힘에 허덕이고 있을 뿐이다."

아무도 극복하리라 답하지 못했다.

무력함을 모두 통감하고 있었다.

"하지만 나는 명옥에 상극되는 힘을 너희에게 나눠 줄 수 있다."

페르노크가 손바닥에서 영력을 뭉친 영사환을 꺼냈다.

이는 명계에서 절대자들의 영력을 측정하는 도구로 활용되던 것인데, 페르노크가 영력을 모으는 방식을 새롭게 바꿨다.

영사환이 빛을 머금는 순간, 이 안에 든 힘이 다할 때까지 아군에 영력이 깃들게 된다.

"사자는 결국 명옥의 힘이 차단되면 다시 시체로 되돌아간다. 영사환은 너희 무기와 마력에 명옥을 차단시키는 특별한 힘을 코팅시킬 수 있지."

"유지 시간은 어느 정도입니까?"

"대략 반나절. 하지만 명옥과 상극되는 힘이니만큼, 결국 사자의 힘과 맞부딪치면 영사환도 갉아 먹혀 지속시간이 짧아지게 될 거야."

"영사환을 몇 개나 준비할 수 있죠?"

"시간만 넉넉하다면 계속 만들 수 있다. 하지만 지금은 여유가 없어."

페르노크가 이곳까지 오며 준비해 왔던 영사환을 모두 꺼냈다.

합쳐서 3개였다.

"뭉치고 출력시키며 그것이 아군에게 해가 되지 않도록 조정하는 몇 가지 과정이 필요하다. 더욱이 수십만 대군을 감쌀 정도의 크기라면 사흘에 한 개 정도 가능하겠지."

"저희가 도와드릴 순 없습니까?"

"불가능하다."

페르노크가 딱 잘라 말하자 지휘관들이 아쉬운 표정을 지었으나, 이내 영사환을 보고는 고개를 끄덕였다. 어쨌거나 대항할 수단이 있으니 이전처럼 무기력하게 당하진 않겠다고 생각했다.

비장한 기운이 회의실을 감돌던 순간이었다.

"급보입니다!"

전령이 회의실을 급하게 들이닥쳤다.

흉흉한 시국에 누구도 전령의 무례함을 탓하지 않았다.

"무슨 일이냐."

"루트밀라 공작이 대패했다고 하옵니다!"

곳곳에서 침음이 터져 나왔다.

하지만 페르노크는 이리될 거라 짐작하고 있었다.

"시체가 되살아나 성을 공략하였고, 루트밀라 공작은 마지막까지 항전하였지만……."

"설명은 필요 없다. 해서, 공작은?"

"……후방 진지로 물러났습니다. 한데, 성황국의 유능한 치료사들을 요청했습니다."

"치료사?"

전령이 마른침을 꼴깍 삼켰다.

"역병이 감돈다고 하옵니다. 지금 시신 한 구가 성문 밖에 있습니다."

"확인해 보지."

페르노크가 지휘관들과 성문 밖으로 나갔다.

역병을 의식하여 마력이 약한 병사들은 일체 밖으로 내보내지 않았다.

온갖 천에 휩싸인 시신이 수레에 실려 있었다.

페르노크가 거침없이 천을 벗기자 몸 곳곳에 새까만 버섯이 피어오른 시신이 참혹한 모습으로 눈을 감고 있었다.

역한 냄새가 파고들려 하자 누군가 바람 마법을 일으켜 시체 주위를 감싸 안았다.

"이런 역병은 한 번도 보지 못했습니다."

성황국의 치료술은 세계 제일이라 알려져 있다.

아리샤도 치료술에 통달했다고 하지만 지금 시체의 증상은 그녀가 아는 모든 병증에 속하지 않았다.

"명옥으로 만들어진 것이다."

"예?"

하지만 페르노크의 관찰안은 시신의 상태를 정확히 파악하고 있었다.

시신의 죽은 혈관에 감도는 호박색 잔재.

그 특이한 형태는 분명 명왕의 발을 상징하는 역전의 권능이다.

거기에 더하여 시신에 피어오른 새까만 버섯은 온갖 독들이 복잡하게 얽혀 퍼져 나온 것인데.

그 기원이 시독(侍讀)이다.

"시체와 동물이 부패하며 만들어진 독과 명옥의 기운이 합쳐져 새로운 형태로 탄생했군."

"하면, 전하의 힘으로 명옥을 처단하여 해결할 수 있지 않습니까?"

"이미 형질이 변화한 상태야. 명부의 힘만 없앤다고 변형된 독이 다시 제자리도 돌아가진 않지."

역병이 퍼져 나간 속도로 볼 때, 루트밀라의 대군은 절반 이상이 중독되었다고 봐야 했다.

'특이한 놈이 나타났군.'

생사의 경계를 허무는 역전엔 독과 관련된 특징을 가진 자가 없었다.

카이드였던 시절에 불사의 군대와 역병이 함께 몰아쳤다면 일방적으로 밀렸을 것이다.

'진화한 건가.'

역전의 힘은 후월보다 성가시다.

진화된 독은 영력으로도 해결할 수 없다.

하지만 페르노크에겐 기억이 있다.

"하찮기는."

세상 만물의 역병을 다루던 재액군주.

그의 기억이 생소한 독의 형질을 가닥마다 분해해서 새롭게 재구축한다.

이를 이용해 역으로 적을 몰아붙이고 아군에게 이롭게

작용시킬 수많은 변형법이 계속 떠올랐다.

* * *

재액군주는 시체 사이에 버려져 있었다.

울지도 않고 말똥한 눈으로 뉘어 있던 아기를 사체 수거자들이 주웠다.

그들은 언제나 전쟁터를 전전하며 온갖 역한 것들을 도맡아 처리했고 재액군주는 그들의 보살핌을 받으며 자랐다.

나이를 먹어 갈수록 누가 가르쳐 주지도 않았건만 자연스럽게 독기를 내뿜기 시작했다.

전쟁터에 떠도는 온갖 독한 것들이 체내에 머물자 그는 천부적인 재능으로 뭉치는 데 성공했고, 이것을 기점으로 수많은 독을 만들어 냈다.

그의 역량은 15살 이후에 절정을 맞이하여 독을 넘어선 역병으로 진화하였다.

어느 순간부터 걷는 자리의 생명들이 시들고, 숨결에선 독이 흘러나와 누구도 그와 함께하지 못했다.

걸어 다니는 재액의 화신.

죽는 순간까지도 만물에 죽음을 흩뿌리던 절대자의 소망은 하나였다.

[나도 이 땅에 소중한 것을 남기고 싶었다.]

모든 행위에 의도가 섞인 것은 아니었다.

걷잡을 수 없이 불어난 힘을 주체하지 못해서 어느 산자락에 틀어박혀 죽을 날만을 기다려 왔다.

죽음이 목전에 드리움에도 그를 애도해 줄 사람 한 명 없었다.

고독함에 물들어 명계에 올라온 그는 페르노크에게 부탁했었다.

[제가 만든 것들이 그 세상에서 외롭게 시들어 가지 않도록 전파해 주십시오.]

재액에 관련된 모든 지식들이 많은 생명의 삶에 축복이 되도록 널리 알려 달라는 것.

전장에서 굶어 죽을 수도 있었던 아기는 언제고 자신을 구원해 준 사람들에게 보답할 순간을 염원했고.

명계에서 수많은 절대자들과 맞부딪치며 자신의 본질을 완벽하게 정립시킨 기억이 페르노크에게 전수되었다.

상대가 설령 어떤 역병을 뿌리던 재액군주를 능가할 순 없다.

'플레미르에겐 포이즌 블러드를 전수해 뒀었지. 설령, 일이 터지더라도 플레미르는 스며드는 독을 떨쳐 낼 거

야. 당장 시급한 쪽은 루트밀라인가.'

루트밀라를 노린 것만 봐도 적의 의도를 알 수 있다.

성황국이나 해안가처럼 전력이 강한 곳보단, 루트밀라와 플레미르처럼 상대적으로 세력이 약해 보이는 쪽을 찌른다.

연합군에 구멍을 뚫어 사자의 무리들을 풀어 버리겠다는 의도다.

'시대가 변했으나, 사람은 여전하군.'

오래전에도 그랬다.

모든 정령술사들이 명옥에 저항하지 못하고 무력하게 휩쓸릴 때도, 그들은 인간의 약점부터 찌르고 들어왔다.

한 곳이 무너져 내려 광기에 물든 사자들이 세상을 누비고 다니던 모습은 손쓸 도리 없는 재앙이었다.

'연합군의 전선은 이미 라키스의 외곽을 전부 장악하고 있다. 우리에겐 호기지만 반대로 라키스에겐 거리낄 것이 없다는 뜻과도 같지.'

이로써 라키스의 남은 백성들은 수도를 중심으로 주요 성곽에 배치되어 있다. 외곽의 백성들이 모두 사라진 만큼 그들은 힘을 사용하는데 거리낌이 없을 것이다.

휩쓸리는 순간 각 나라에 명옥의 불씨가 퍼져 나간다.

페르노크가 한 곳을 선택할 수밖에 없는 상황에서 다들 굳은 표정으로 역병에 썩어 들어가는 시체를 바라보았다.

"영사환을 세 개로 나누겠다."

모두의 시선이 페르노크에게 집중되었다.

"이곳에 하나, 플레미르와 해안가에 각각 하나씩. 따라서, 두 신관이 각자 하나씩 들고 플레미르와 해안가를 찾아갔으면 하는군."

"그럼 루트밀라 공작은 전하께서 가실 건가요?"

"역병까지 함께 잡으려면 어쩔 수 없겠군. 대신, 기마대는 이곳에 남겨 두겠다."

아리샤가 고개를 끄덕였다.

혼란스러운 상황에서 단독으로 움직이는 것만큼 적들의 이목을 피하기에 좋은 수단도 없다고 생각한 것이다.

"펼쳐 놓은 덫은 어떻게 할까요?"

"계속 펼쳐 놓고 상황을 주시해. 지금은 황제가 아닌 다른 놈들을 잡아야 해."

페르노크가 시신을 불태우며 서슬 퍼런 눈빛을 보냈다.

"명옥을 뿌리는 술사들, 그놈들을 잡는다면 황제의 위치를 알 수 있다."

* * *

최초의 발견자는 주위를 순찰하던 감시자들이었다.

교대 시간이 다가옴에도 감시자들이 귀환할 생각을 하지 않자, 루트밀라는 보고를 받는 즉시 경계를 세웠다.

13작 혹은 관련된 누군가가 이쪽을 눈치챘을지도 모른다는 생각 때문이었다.

그의 판단은 옳았다.

자그마한 것에도 날을 세워 큰불이 번지는 상황을 방지하려고 했으니까.

하지만 상대는 루트밀라의 인지를 벗어났다.

"고, 공작님! 시체들입니다! 시체들이 걸어 나오고 있습니다!"

루트밀라는 숲에서 튀어나온 사자의 무리들을 절대 잊지 못한다.

호박색의 빛을 머금고 포화가 떨어짐에도 복원되어 멈추지 않는 불사의 군대.

마력도, 마법도 아닌 무언가가 개입하여 탄생한 그것들은 루트밀라의 마도술마저 통하지 않았다.

전혀 다른 생물이 죽음을 몰고 오는 느낌은 전장에 잔뼈가 굵은 루트밀라마저도 공포를 느끼게 하였다.

하지만 진정한 문제는 그다음에 있었다.

성을 버리고 후방으로 퇴각을 결심한 루트밀라 앞에 가면을 쓴 사내가 나타났다.

"르젠의 명장이라는 루트밀라 공작을 뵙게 되어 영광이오."

사내의 어깨에 걸친 문장은 분명 라키스 제국의 황실기사단을 상징하는 문양이었다.

"황실기사단…… 그런 곳이 있었지. 13작에 가려져 잠시 잊고 있었군."

"우리가 세상에 드러나지 않기를 바랐으나, 불씨가 가혹하게 번지니 제국도 급해지게 되는구려."

"네놈들이 백성과 병사들을 저리 만들었더냐."

"그렇소만, 문제 될 게 있는가?"

루트밀라는 역겨움과 분노가 점철되었다.

"아무리 나라의 사정이 급하기로서니! 어찌 자국의 백성들을 죽지도 살지도 못하는 도구로 사용한단 말인가!"

"제국의 역사가 저무는 것보단 낫지 않겠소."

"황제가 항상 전장을 호령한다고 하여 내 필히 맞붙고 싶었으나, 호걸의 모습은 꾸며진 환상에 불과했군!"

단독으로 길을 가로막은 사내다.

힘을 짐작하기 어려운 만큼 이곳에서 반드시 꺾고 넘어가야 했다.

"내 반드시 네놈들의 부도덕함을 역사에 새겨 가혹한 참사가 후세에 이르도록 널리 알리겠다!"

"역사는 이렇게 기억하겠지."

사내의 발이 호박색에 물들었다.

"연합군이 사악한 마도술을 사용해 점령지의 백성들과 병사들을 베어 내고 다시 살려 제국을 침략하였으나, 폐하께서 간악한 계략을 무너뜨렸노라고."

그리고 사내가 품에서 호박색 보석을 꺼내 허공에 띄웠다.

"기사단장, 제스라 한다. 그 몸 내가 요긴하게 사용해 주지."

보석이 발과 공명한 순간, 루트밀라의 물 속성 마도술이 천지를 집어삼켰다.

세상이 푸름으로 빛나는 그때, 루트밀라의 세계가 '역전'되었다.

말 그대로 천지가 뒤집어지는 듯했다.

무엇이 일어났는지 인식하지도 못했다.

눈 깜빡할 사이에 제스는 하늘에 떠 있었고, 루트밀라는 지면에 무릎 꿇고 있었다.

그가 허공을 가볍게 박차자 하늘이 일그러졌다.

동시에 루트밀라의 시계가 어지럽게 회전했다.

구역질이 치밀어 올라 마도술을 발동할 수 없었다.

"저항하지 마라."

그리고 제스가 박찬 곳을 중심으로 거대한 구멍이 열리며 질퍽이는 황토색 액체가 쏟아졌다.

"산 자는 결코 죽음을 떨쳐낼 수 없으니."

액체에 닿은 병사들이 새까만 버섯을 피어 올리며 쓰러져 갔다.

"명왕이 군림하여 나약한 생명을 거두어 갈 것이다."

루트밀라가 초인적인 정신으로 마도술을 일으켰다.

물이 액체를 흘려보내 남은 병사들을 구해 냈지만 그것도 잠시뿐.

"우웨엑!"

온몸이 칼로 베는 듯한 통증을 느끼며 루트밀라가 쓰러졌다.

* * *

"……다행히 독이 심장까진 닿진 않았군."

익숙한 목소리를 들으며 루트밀라가 눈을 떴다.

흐릿해 보이는 풍경에 명확한 초점이 잡히자 누군가의 모습이 그려진다.

"전…… 하……?"

"움직이지 마. 자칫 상처가 더 벌어질 수 있으니."

"으윽!"

루트밀라가 가슴 부근에서 치밀어 오르는 통증에 피를 왈칵 토했다.

"사혈이 잘 나오는군. 하지만 보름은 꼼짝도 못 하겠어."

"여긴…… 어떻게……?"

"부관, 셰이드 후작이라고 했나. 일 처리가 깔끔하더군. 내게 전서를 보내고, 성황국엔 시신까지 보냈어. 덕분에 역병의 대처도 할 수 있게 되었지."

"역병……?"

"그대가 쓰러지고 난 뒤의 일이다. 하늘에서 구멍이 열리며 쏟아진 액체. 그게 병사들을 전염시켰다."

셰이드 후작은 후방 진지로 살아남은 병사들을 이동시키며 곳곳에 원군을 요청했다. 그리고 역병에 걸린 자들을 철저히 격리하여 아군의 피해를 최소한으로 줄였다.

문제는 아무리 노력을 기울여도 루트밀라의 자리를 대체하지 못했다는 것이다.

페르노크가 오기 전까지 대부분 의식불명에 죽어 나가기 일쑤였다.

아무리 차단해도 억제될 역병이 아니었던 것이다.

"일주일 전에 도착했다. 그 사이 역병은 잡았고, 셰이드 후작에게 모든 경과를 들었지."

"죄, 죄송…… 크흑."

"그대가 감당할 상대가 아니었다. 설령, 내 영사환이 있더라도 제스라는 놈은 상당한 실력자더군. 아리샤 정도는 데려와야 간신히 균형이 맞을 정도겠지."

명왕의 손을 사용하던 여인보다 루트밀라를 막아선 제스의 실력이 우월하다.

역전은 생사의 경계를 허물어 인세에 존재하지 않는 무언가를 꺼내는 소환의 영역인데, 제스는 페르노크가 한 번도 보지 못했던 소환물을 꺼내 들었다.

역병.

단순히 꿈틀거리는 생명체라면 명부의 소환물이라 하더라도 베어 낼 수 있겠지만, 역병은 눈에 보이지 않으나 가장 치명적으로 사람들을 휩쓸어 버린다.

이것은 불로 태우거나 얼린다고 해서 가라앉지 않는다.

정확한 원인을 규명하고 처치하여 없애야 하는데, 시일이 얼마나 걸릴지 확정할 수도 없는 노릇이다.

한데, 제스는 역병이라는 특이한 소환을 너무 쉽게 이루어 냈다.

오래전의 시대에선 명왕의 발을 가진 자도 이런 능력을 선보이진 못했다.

무엇보다 하늘에게 구멍을 뚫어 일시에 수만 명을 전멸시킨 능력은 역전의 극에 달했다고 봐야 옳다.

"내가 직접 죽여야만 이 상황이 진정될 것 같더군."

"죄송합니다. 미숙하여 연합군에 폐를 끼쳤습니다."

"해안가를 제외한 전선들이 후퇴한 상황이다. 생존자라도 남겨 둔 게 기적이야."

페르노크가 자리에서 일어났다.

"당분간 이곳의 병력은 내가 이끌도록 하지."

루트밀라는 침묵으로 긍정했고, 페르노크는 막사를 나갔다.

셰이드와 지휘관들이 황급히 뒤를 따랐다.

페르노크는 언덕에 서서 고통에 신음하는 병사들을 내려다보았다.

일주일 전, 이곳에 도착하자마자 생각한 여러 방법으로 역병의 치료제를 만들어 냈다.

문제는 대군을 모두 먹이기엔 약재가 터무니없이 부족

하다는 것.

약재를 공수하려 시간을 지체할 수도 없다.

"남은 병사가 얼마나 되지?"

"1만 남짓입니다."

"그럼 죽은 병사들은 모두 명옥에 조종당한다고 봐야겠군. 최소 10만이다. 너희론 못 막아."

"하지만 지켜야 합니다."

"모조리 휩쓸릴 생각인가?"

"이곳이 뚫리면 바르간타로 향하는 길이 열립니다."

"그건 네가 걱정할 문제가 아니다."

"최소한 싸워야 한다고 말씀드리는 겁니다."

지휘관들은 물러설 생각이 없는 듯했다.

눈에 투지를 불태우는 모습이 꼭 루트밀라를 닮았다.

페르노크가 피식 웃었다.

"전멸까지 각오했다면 말리진 않겠다. 다만, 우리에게 주어진 시간이 얼마 남지 않았어."

"혹, 방도가 있으십니까?"

"우선 병사들에게 약을 먹여 뒀다. 치료까진 아니지만 최소한 이틀 정도는 죽지 않겠지."

"이틀……."

"그 안에 원인이 되는 술자를 찾아 죽여야 한다."

페르노크가 그동안 만든 영사환 두 개를 꺼냈다.

"사자들이 몰려올 때, 이것을 하늘에 띄워라. 그리하면 너희들도 사자를 죽일 수 있다."

"전하께옵선 이곳을 떠나실 겁니까?"

"술자를 찾아 죽이는 즉시 역병은 해결된다. 이곳에 머물러 기약 없는 약재를 기다릴 순 없지. 남은 1만을 모두 살리고 우리가 다시 성을 탈환하기 위해선 이 방법밖에 없어."

"하지만 제스의 흔적은 보이지 않습니다. 송구하오나 어디로 향했는지조차 모릅니다."

"그럼 꺼내야지."

"예?"

"술자 없인 통솔되지 않은 사자들이 이곳으로 진격하고 있다. 놈은 분명 근방에 있어. 하지만 루트밀라라는 위험이 제거되었으니 자신이 나서지 않고 시체들만 이용하는 중이다."

명옥을 사용하는 존재들은 마도사들조차 아래로 보고 있다.

산자는 결코 죽은 자를 이길 수 없다며 오만한 자신감을 드러낸다.

"명옥에 상극되는 힘을 터트려 놈을 자극시킬 것이다."

그들의 인식에 틈을 뚫어 버린다.

죽은 자가 산 자 앞에 쓰러지는 순간이 도래한다는 것을 증명한다면, 이곳을 오만하게 내려다보는 존재들은 어떻게 반응할까.

"놈들은 이 원인을 제거하려 할 거야."

페르노크는 이미 그 반응을 경험했었다.

시대는 달라지고, 사람은 변했지만.

강자들의 생각은 예나 지금이나 똑같다.

"버틸 수 있겠나?"

지휘관들이 한목소리로 답했다.

"설령, 전멸하는 한이 있더라도 놈을 붙잡고 늘어지겠습니다!"

"1만을 미끼로 제스라는 놈을 끌어내겠다. 하지만 착각하지 말도록."

페르노크가 씨익 웃었다.

"내가 온 이상 모두 산다. 살아서 라키스를 짓밟는다. 그러니 끝까지 발버둥 치도록, 알겠나!"

"예!"

우렁찬 목소리가 막사를 뒤흔들었다.

그리고 생존자들이 무기에 몸을 의지하여 일어나기 시작했다.

* * *

제스는 거대해지는 명옥을 바라보고 있었다.

루트밀라의 대군과 그들이 지금까지 죽여 온 자들의 시체가 산처럼 쌓여 루나 못지않은 명옥이 만들어지는 중이었다.

'남은 놈들을 제거하고, 루트밀라의 혼을 섞으면 완성된다.'

부관이란 놈이 난입하는 바람에 루트밀라를 놓쳤다.

하지만 그 몸에 역병을 심어 뒀으니 오래가지 못해 죽을 것이다.

'이곳을 기점으로 바르간타에 사자들을 보낸다.'

이후의 계획까지 차곡차곡 쌓아 가던 중이었다.

십수만의 시체들을 남겨진 루트밀라군에게 보낸 제스가 기묘한 위화감에 빠져들었다.

'뭐지?'

별 볼 일 없는 진지에 다가서기 전, 시체들이 풀썩 쓰러지기 시작했다.

갑자기 몸의 일부가 녹아내렸고, 명옥이 힘을 보내 시체들을 복원시켜나갔다.

그럼에도 녹아내리고 복원되는 작업은 계속되어 갔다.

의아함에 전장으로 나온 제스가 바람결에 실린 무언가를 포착하곤 화들짝 놀랐다.

"독?"

손끝에 묻기만 해도 목숨을 앗아갈 것 같은 치명적인 극독이 마치 역병처럼 확산되어 가고 있었다.

"고작, 독 따위가 어떻게 명옥에……?"

그 순간, 제스의 눈이 휘둥그레졌다.

루트밀라군의 진지 위에서 새하얀 구체가 떠올라 찬란한 빛을 발하고 있었다.

 그것이 독에 섞이자 사자의 무리들이 녹아내리기 시작했다.

 흡사, 자신이 역전으로 역병을 보냈던 방식과 비슷하다.

 '명옥이 밀리고 있어?'

 하얀빛이 명옥의 통솔권을 밀어내며 사자들을 망자로 되돌려 보낸다.

 제스의 심장이 쿵 떨어지는 듯했다.

 결코 일어날 수 없는 일이 현실로 펼쳐지는 상황 앞에서 그는 은신처를 벗어났다.

 저것을 처리하지 않으면 모든 계획이 수포로 돌아갈 것만 같았다.

 '대체 저게 뭐지?'

 모든 사자들이 소용돌이치듯 빨려 들어가는 압도적인 광경에 오싹함을 느끼며, 쌓여 가는 명옥을 뒤로하고 제스가 전장으로 향했다.

* * *

 루트밀라가 삐걱거리는 몸을 억지로 일으켜 막사 밖으로 나왔다.

 "공작님, 안에 계시지 않고……?"

"이곳이 밀리면 어차피 나도 죽은 목숨이야."

셰이드 후작이 고개를 저었다.

"안 그래도 마차를 준비해 뒀습니다. 바르간타로 가십시오."

"내가 전장을 두고 어디로 간단 말인가."

루트밀라가 셰이드를 노려보았다.

눈동자에 탈 것만 같은 열기가 피어오르고 있었다.

르젠의 군부 총사령관으로서 죽더라도 이곳에 뼈를 묻겠다는 각오가 전해지자 셰이드는 더 이상 무례를 범하지 않았다.

"전하께서는?"

"적장을 찾겠다고 하셨습니다."

"이곳에 안 계시는군. 우리들만으로 가능하겠나?"

사위는 어두웠고, 달빛에 의지하는 병사들이 위태로워 보였다.

아무리 각오를 다져도 불사의 군대와 싸운다는 것은 어지간한 정신력으로는 할 수 없는 일이다. 하지만 셰이드는 고개를 끄덕였다.

"모르겠습니다. 다만, 페르노크 전하께서 두 가지 방책을 일러 주셨습니다."

"두 가지?"

"하나는 아군에 불사를 무력화시킬 힘을 부여하는 것이고, 다른 하나는 적들의 걸음을 멈추게 하는 비약이라

하였습니다."

"그것들은 다 어디 있나?"

"혹여 정보가 새어 나갈지 몰라 숨겨 놓고 있습니다. 시체들이 나타나면 보여드리겠습니다."

"그렇…… 크읔!"

허물어지려는 루트밀라를 셰이드가 부축했다.

하지만 셰이드는 루트밀라를 막사 안으로 들여보내지 못했다.

저 멀리서 땅을 진동케 하는 대군이 밀려오고 있었던 것이다.

"진형을 철저히 지키도록!"

셰이드의 다급한 외침이 1만 남짓한 진형에 울려 퍼졌다.

가벼운 목책에 기대어 창을 꼬나쥔 병사들이 마른침을 꼴깍 삼켰다.

이 허름한 장벽으로 셀 수도 없는 대군을 막아 낼 수 있을까.

각오가 흔들리는 그 순간, 셰이드는 페르노크의 비책을 꺼내기 시작했다.

"터트려라!"

기마대 열 명이 방책을 넘어 아군과 제법 떨어진 거리까지 진격했다. 그리고 품에서 꺼낸 병을 곳곳에 떨어뜨렸다.

"저게 비책인가?"
"저들의 걸음을 묶어 버릴 '극독'이라 하였습니다."
"극독? 하지만……."
 시체들이 성을 공략해 올 때, 온갖 전술을 활용했다.
 마법으로 원소를 퍼붓는 것은 물론 독과 포까지 전부 사용했었다.
 하지만 녀석들은 눈 깜짝할 사이 복원되었다. 불과 독도 복원되는 순간 깔끔하게 사라졌다.
 겹겹이 쌓인 시체 더미를 밟고 진군하는 시체에게 군부의 총사령관이 패한 이유였다.
"이것까지 사용하면 반드시 통한다고 하였습니다."
 셰이드는 품에서 하얀 구체를 꺼내 들었다.
 루트밀라가 희끄무레한 빛에 시선이 미칠 때, 셰이드가 하얀 구체를 두 손 모아 하늘에 떠올렸다.
 마력도 부여되지 않은 영사환이 저절로 달이 있는 곳까지 부유했다.
 그리고 달빛이 영사환에 반사되는 순간, 일대가 찬란한 빛으로 번쩍였다.
 키에에엑!
 어둠을 몰아내는 빛이 극독에 닿은 자들을 비추고 시체들이 녹아내리기 시작했다.
 공성전을 치렀던 당시와 비슷한 상황이었으나, 한 가지 다른 점은.

"재생해도 독이 남아 있어?"

독이 복원된 시체 몸에서 증식되어 다시 살과 뼈를 갉아 먹고 있다는 것이다.

"영사환이 독과 만나 사자의 무리들을 녹이기 시작한다면, 우리의 비책이 제대로 먹힌다는 신호다. 너희는 두려워 말고 영사환의 빛이 다하기 전에 적들을 섬멸하거라."

수비가 아닌 진군을 감행토록 만든 페르노크.
하지만 무엇에도 두려워 않던 사자의 무리들이 괴로워하기 시작하자 아군의 사기가 하늘을 찔렀다.
"전장으로 나아가겠습니다!"
루트밀라가 고개를 끄덕이자 셰이드는 말을 타고 언덕을 내려가 병사들을 지휘했다.
"저들은 무기 하나 없이 재생력만 믿고 덮쳐 오는 허수아비에 불과하다! 페르노크 전하의 가호가 우리와 함께하고 있으니, 불사의 군단은 더 이상 우리의 적수가 아니다! 다시 한번 우리의 성을 탈환하자! 르젠의 용맹한 전사들이여!"
셰이드가 선두에 나서자 기마대가 뒤를 따랐고 병사들도 투지를 불태우며 달려 나갔다.
제일 앞서 괴로워하는 시체를 베어 버리니 더 이상 복

원도 못 하고 그대로 목이 잘려 죽었다.

그럼에도 독이 아군에게 미치지 않자 셰이드는 확신했다.

'아군에겐 해를 끼치지 않고 오직 적에게만 감염되는 이 독이 있다면 전장은 우리의 것이다!'

사자의 무리들을 베어나가며 셰이드가 외쳤다.

"마법부대는 적의 중앙을 태워 버려라!"

하늘에서 수백 개의 마법이 별똥별처럼 쏟아졌다.

적의 중간이 뚝 끊기자 르젠의 1만 병사들이 선두를 쓸어버리기 시작했다.

* * *

제스는 대낮처럼 환한 밤의 상황을 살피곤 말을 잃었다.

'어째서 저 달에 맺힌 하얀 기운이 명부와 닮았단 말인가……!'

그는 한눈에 전장을 파악했다.

죽은 자에게만 옮겨붙는 특이한 독.

복원되는 순간 털어져야 할 모든 부조리함이 맺혀 있는 까닭은 저 하얀 구슬 때문이다.

저것만 없다면 사자들이 생자에게 유린당할 일은 추호도 없을 것이다.

'르젠에 저런 것을 쏘아 보낼 술사는 없다. 누군가가 저

진형에 합류했다. 한데, 누구지? 누가 이 전장에서 감히 명왕의 단죄를 거역한단 말인가.'

본래의 계획은 이 자리의 모든 생명체를 모두 죽여 명옥을 완성시키는 것이었다.

하지만 르젠에 명옥을 대항할 수 있는 술사가 있다면 얘기가 달라진다.

이곳의 승리는 자신이 온 순간 기정사실이 되어야 했다.

이곳을 기점으로 바르간타까지 진격하는 것까지 제스의 작전이었다.

이 중요한 거점을 내어 줄 순 없다.

'르젠이 아니다. 저 구슬을 만든 술사. 그놈부터 죽여야 해.'

제스가 명옥의 일부를 끌어모았다.

대략, 3만 명분의 힘이 채워지자 그의 발이 호박색에 물들었다.

'저놈들이 전멸하는 것을 가만히 지켜보진 않을 테지.'

숨은 자를 끌어내는 가장 확실한 방법은 그에게 있어 소중한 것들을 부숴 버리는 것이다.

쿵!

호박색 발이 가볍게 지면을 내리찍자 무수한 선이 허공에 번져 균열을 일으키기 시작했다.

흡사 하늘이 갈라지는 듯한 현상.

"노, 놈이다!"
"역병에 휩쓸리지 마라!"
르젠이 아우성쳤다.
구멍 뚫린 하늘에서 쏟아지는 액체가 어떤 결과를 초래하는지 직접 맛보았기에 다급해질 수밖에 없었다. 하지만 오늘의 구멍은 그들의 상상을 초월할 것이다.
생사의 경계가 허물어지며 인세에 존재치 못할 신장들이 나타날 것이니.
그들은 제스가 이룩한 독을 머금고 한층 진화하여 하계를 휩쓴다.
3만 명분의 힘이라면 대략 10분 정도 지속할 수 있다.
저 하얀 구슬과 르젠의 병사들을 쓸어버리는데 그 정도면 차고도 넘친다.
쿠그그그그궁!
구멍 너머, 경계의 틈 사이에 존재하는 자들이 3만의 목숨을 머금고 하계에 현현한다.
쿵! 쿵! 쿵!
두 명의 거인이었다.
둘 모두 세 쌍의 팔을 가졌고, 각기 다른 무기를 쥐고 있으며, 한 명은 빨갛고 다른 한 명은 푸르렀다.
몸집이 가히 성벽 두 개는 합쳐 놓은 것만큼이나 커다랬으니, 손바닥만으로도 인간 수백은 핏물로 만들어 버릴 크기였다.

얼굴에 똑같이 여섯 개의 뿔이 돋아난 가면을 쓴 거인들은 흉흉한 무기를 앞세웠다.

"모, 몬스터다!"

"마력포를 준비해!"

르젠의 어수선한 외침을 거인들은 물끄러미 내려다보았다.

흡사, 개미를 쳐다보는 것처럼 무미건조한 태도.

존재만으로도 이질적인 그들은 명부의 신장이라 불리며 망자를 집어삼키는 괴물들이었다.

그들이 마지막 조건을 기다리고 있었다.

"죽여. 하나도 남김없이."

제스의 의념이 거인들에게 전달되었다.

그들이 빨갛고 푸른 안광을 토한 순간이었다.

전장 한구석에 몸을 숨기며 상황을 주시하던 페르노크가 씨익 웃으며 모습을 드러냈다.

* * *

숨은 자를 찾아내는 방법은 하나다.

그가 자신 있게 선보인 비책을 무너뜨리고 막다른 골목에 몰아넣어 최후의 카드를 꺼내게 만드는 것.

이를 이용해 역으로 그를 추적하면 된다.

페르노크는 제스가 역전을 발동하길 기다렸다.

역병이 도리어 사자들을 몰아치는 상황에서 그에게 남은 수단은 역전의 소환술밖에 없다고 판단했다.

예상대로 제스는 오래전, 역전의 술사처럼 균열을 일으켜 하계에 존재하지 않는 괴물들을 소환시켰다.

"신장을 자처하는 잡것들인가."

페르노크가 웃으며 모습을 드러내자 신장들의 시선이 모였다.

본능적으로 느끼고 있는 것이다.

육신이 아닌 혼의 격이 다르다는 사실을.

"예전과는 다르군."

저건 명계의 존재가 아니다.

애초에 명계는 혼으로 이루어져 있으며 계약도 소환도 불가능하다.

따라서 저것은 하계와 명계의 틈바구니에 위치한 정령 같은 존재다.

혹은 수많은 찌꺼기가 계층에 모여 만들어진 부산물이라 부르기도 한다.

위업과 격이라고는 털끝만큼도 존재치 않는 괴물들에게 뭐가 그리도 두려워 쩔쩔맸었을까.

과거의 자신이 떠올라 페르노크는 웃고 말았다.

[네놈은.]

[이곳에 존재해선 안 될 영혼이다.]

이 육신에 덧씌워진 혼을 구별할 정도의 수준은 된다.

하지만 그뿐이다.

이 혼이 얼마나 위대하고 찬란하지 구분할 눈은 없다.

"저열한 놈들만 꺼낸 건가. 명옥에 담긴 기운만 써서 자신의 위치는 차단했군."

역전의 진정한 힘은 발과 경계가 연결되어 보다 사악한 존재를 끌어냈을 때 드러난다.

이런 저열한 괴물들로는 술사의 본심을 온전히 끌어냈다고 보기 어려웠다.

[어리석은 인간이여.]

[미욱한 육신과 함께 소멸토록 하라.]

괴물들이 세 쌍의 팔을 움직였다.

불과 얼음이 뒤섞여 일대를 짓누를 무렵.

쾅!

페르노크가 가볍게 박차고 올라 불과 얼음의 사이를 부숴 버리고 괴물들의 목을 베어 버렸다.

쿵! 쿵!

거대한 머리가 땅에 떨어지는 소리가 전장에 널리 울려 퍼졌다.

분명, 술사는 이 소리와 장면을 보았을 것이다.

'경계에서 새로운 존재들이 불려 나오는군.'

이곳 어딘가에 술사가 있다.

'꺼내라. 한 숨 남기지 말고!'

* * *

터진다.

명옥으로 소환된 명부의 신장들이 채 한 수를 받아 내지 못하고.

"……."

두 신장이 쓰러졌을 때부터 제스는 계속 명옥의 힘을 끌어내고 있었다.

새하얀 구체를 만들었을 거라 짐작되는 술사가 순식간에 신장들을 해치웠기 때문이다.

설령, 연합군의 마도사가 몰려온다 한들 신장들을 베어낼 순 없다.

백번 양보해 타격을 입힌다 해도 신장들은 시체들처럼 복원된다.

그들의 시간이 끝나기 전까지 하계에서 무적이다.

그랬어야만 했다.

콰콰콰콰쾅!

신장들이 경계에서 튀어나오는 족족 터져 나간다.

다시는 소환되지 못하도록 영혼까지 함께 소멸되는 모습은 제스의 상식을 아득히 뛰어넘었다.

"어떻게……."

냉철한 판단이 흐트러질 정도의 신위가 전장을 가로질

렀다.

 신장은 물론 시체들까지 쓸어버리며 제스의 모든 계획을 물거품으로 만들어 나가기 시작했다.

 르젠의 들끓는 사기가 제스의 정신을 번쩍 차리게 만들었다.

 "이대론…… 안 돼."

 명옥의 힘을 벌써 절반이나 사용했다.

 그럼에도 저 술사를 막지 못한다면 피해는 고스란히 라키스 제국의 수도로 향할 거라 판단했다.

 하여, 그는 황제와 약속했던 족쇄 하나를 풀기로 결정했다.

 "명심해라. 너의 가장 소중한 것들을 바치는 대가로 생사의 경계를 확장시킬 수 있으나, 그것은 머지않은 미래에 너를 옥죌 것이다. 하여, 이것을 사용해야만 한다면 필히 승기를 다져야 하는 순간이어야 할 것이다."

 제국의 세계 통일을 위해 아껴야만 했던 힘.

 하지만 지금이 아니면 안 된다고 판단하며, 제스가 역전에 대가를 바쳤다.

 "나의 생녕을 삶아먹어 위대한 자태를 이 땅에 비추소시!"

 손바닥을 베어 낸 피가 발에 스며들었다.

불그스름한 선이 호박색에 스며들어 완전한 빛을 이루었고, 제스의 눈에 새로운 세계가 확장되었다.

혼이 생사의 경계로 빨려 들어가는 듯 아찔한 느낌.

절벽을 걷는 것만 같은 그때, 경계에 서식하는 괴물이 소환에 응했다.

그는 자신과 같은 독을 타고나, 역병을 통달하며 하계에 재액을 흩뿌리는 괴물.

신장을 뛰어넘은 화신.

가히 재액의 화신이라 불리는 경계의 위대한 존재였다.

콰아아아아-!

화신이 끈적거리는 몸을 이끌어 하계에 현현했을 때, 제스는 가슴이 벅차올랐다.

신과 하나 되어 세상 무엇이든 원하는 대로 조종할 것 같은 충만함이 전신을 가득 채웠다.

죽여라.

모조리 말살하여 이 땅에 재액을 흩뿌려라!

생사의 틈을 거니는 발이 제스의 의념을 재액의 화신에게 전달한 순간.

[계약자여.]

세상의 모든 혼란을 만들어 낼 위대한 존재에게서 상상도 못 한 말을 전해 들었다.

[도망가라.]

제스의 환상이 사라지는 듯했다.

도래한 현실은 덤덤하면서 절박했다.

[이 위대한 존재는 그대가 감당할 수 없…….]

재액이 흩뿌려짐과 동시에 찬란한 빛에 터져 나갔다.

수많은 역병이 퍼져 나가기도 전에 재도 남기지 않고 소멸했다.

그리고 제스는 끊어져 가는 연결 속에서 들었다.

"그곳이냐."

제스가 눈을 부릅떴다.

술사, 페르노크의 시선이 머나먼 이곳을 향하고 있었다.

* * *

경계 속에서 수많은 소환수들이 떨어져 내린다.

"모, 몬스터다!"

"전열을 가다듬어라!"

병사들은 사자들을 죽이다 말고 지휘관들과 모여 장벽을 내세운다.

효율적이지 못한 판단이다.

저것들은 인간의 이지를 아득히 초월한 경계선상의 신장들.

태초에 그들은 방망이 하나를 휘둘러 산을 날려 버리

고, 창을 내리꽂아 바다를 갈랐다.

고위 마법사들의 마법을 손가락 하나 까딱거리는 것만으로 똑같이 재현하는 괴물들 앞에서 밀집한 지형은 보기 좋은 먹잇감일 뿐이다.

하지만 지금 신장들의 시선은 페르노크에게 모아져 있다.

'결국, 명옥을 있는 대로 짜내기 시작하는군.'

처음 두 신장을 죽인 대가로 제스의 마음도 다급해진 듯했다.

이만한 숫자의 신장들을 소환하려면 대체 몇만 명분의 힘이 필요할지 짐작도 가지 않는다.

신장들이 성공하건 실패하건 소환된 시점에서 제스의 손해가 막대하다는 뜻이다.

'이곳을 부숴야만 손해를 메울 수 있을 거야.'

제스는 이곳을 넘어 바르간타로 진격할 최적의 동선을 그리고 있다.

바르간타의 백성들을 모조리 집어삼켜 명옥을 완성시키려 하는 것이다.

'조급해졌군. 어리석게도.'

끝도 없이 떨어져 내리는 신장들을 마주하며 제스의 심정을 느꼈다.

[인간이여.]

[죽음을 맞이하라!]

웅장한 울림이 치솟은 순간 페르노크가 검을 휘둘렀고.

쾅쾅!

제일 앞서 달려오던 신장 둘이 머리가 터져 즉사했다.

'더 조급해져라. 그래서 네놈이 가진 뿌리까지 끌어내라.'

그럼에도 달려오는 신장들은 페르노크의 영혼을 제대로 감지하지 못하는 저급한 수준에 불과하다.

이는 단지 명옥의 힘을 빌려 하계를 밟았을 뿐인 하찮은 존재들이니, 진실로 역전의 힘을 통해 계약된 중급 이상의 소환물이 터져 나와야 페르노크가 제스를 찾아낼 수 있다.

하여, 페르노크는 경계에서 신장들이 떨어지는 족족 무참히 썰어 버렸다.

그러자 르젠군이 오히려 기세가 살아났다.

"페르노크 전하께서 우리와 함께하신다!"

"라키스의 국경을 멸하시고 이제 죽은 자들도 심판하신다!"

"전하를 따르라!"

전장엔 돋보이는 장수 한 명이 판세를 뒤집기도 한다.

루트밀라가 병석에 누워 있던 불안감이 페르노크로 해소되었다.

영사환의 힘을 빌려 무기에 영력을 덧씌운 병사들이 마지막 힘을 토하며 사자들을 소탕해나갔다.

재액의 화신 〈223〉

아직 페르노크가 뿌린 독이 남아 있어 파괴와 복원을 반복하는 사자들이 변변찮은 저항도 못 한 채 창에 꿰뚫려 나갔다.

"적들은 오합지졸이다!"

"부숴라! 찌르고 들어가!"

"승리는 우리의 것이다!"

곳곳에서 사기를 돋우는 승전보가 울려 퍼지자, 페르노크의 칼춤도 한층 탄력을 받아 경쾌해졌다.

병사들에게 보란 듯이 더욱 화려하게 날뛰며 저급한 신장들을 일시에 소탕해 버렸다.

이젠 경계로 내려오는 신장들보다 페르노크가 처리하는 속도가 더 빠를 지경이었다.

그럼에도 균열은 닫히지 않아, 제스의 각오를 엿볼 수 있을 무렵.

'다급해졌군.'

마침내 페르노크의 뜻대로 제스가 움직였다.

균열 속에서 질병을 토하는 거대한 신장이 내려온 것이다.

[하찮은 미물 따위가 위대한 존재들에게······.]

신장이 검 한 자루 꼿꼿이 세운 페르노크를 내려다보며 말을 잃었다.

영혼을 볼 만큼 적당한 실력을 갖춘 놈은 아리샤 정도는 되어야 맞상대가 가능할 수준으로 보였다.

그리고 이만한 놈은 명옥과 역전의 힘을 함께 섞어야

소환이 가능하다.

보인다.

이 거대한 신장과 연결된 호박색 실이.

[……어찌하여 그대 같은 존재가 이 땅에 존재한단 말인가!]

울림과 함께 섞여 나오는 독기를 검풍으로 날려 버린 페르노크가 영력을 발산했다.

그러자 거대한 신장이 두려워하며 한 걸음 물러섰다.

[그대는 설마…… 명계의 초월…….]

간사한 놈이다.

페르노크의 주위를 돌리려 쓸데없는 말을 걸고, 본심은 지금 계약자에게 의념으로 전달하고 있다.

하지만 상관없다.

녀석은 아주 큰 실수를 벌였다.

제스와의 연결고리를 더욱 강화시켜 위치 추적을 수월하게 만들어 줬다.

[감히! 명부의 신이 정한 섭리를 뒤흔들었단 말인가!]

노기와 함께 터져 나오는 역병들이 삽시간에 하늘을 뒤덮은 순간.

페르노크의 검 끝이 번쩍이며 초승달 같은 검기에 영법 천벌이 뒤섞였다.

쾅!

역병이 지상에 도달하기 전, 거대한 신장은 반으로 갈

라져 소멸하였다.

그리고 페르노크는 남겨진 자리의 호박색 선을 파악했다.

직접 선을 움켜쥐고 영력을 불어넣으니 이곳을 주시하는 머나먼 곳의 존재가 느껴진다.

"그곳이냐."

* * *

마도사들의 감지로도 파악되지 않을 거리다.

그곳을 페르노크가 정확히 포착했다.

제스가 황급히 역전을 거뒀지만 소용없다.

페르노크의 매서운 기세가 가까워지고 있었다.

'어찌 생자가 이런 말도 안 되는……!'

신장들을 모조리 부순 것으로도 모자라 명부의 기운을 역으로 추적하는 능력은 괴이하기까지 하다.

'술사? 어떤 타입이지? 아니, 그보다 이걸 어찌 대처해야 한단 말인가.'

찰나에 수많은 고민이 일었고, 제스는 각오를 굳혔다.

아직 명옥은 절반의 기운이 남아 있다.

이걸 포기하고 도망간다면 결국 바르간타로 향하는 관문도 뚫지 못한 채, 명옥을 확장시킬 기회마저 놓치게 된다.

많은 것이 이곳에 걸려 있다.

목숨을 걸고서라도 아라드의 기대에 부응해야 한다.

'저 술사는 당황하는 기색이 없었다. 필시, 역전의 방식을 알고 있다는 뜻이다. 어디까지 파악했는지 모르나 활로를 열기 위해선 상대의 예상을 뛰어넘는 수가 필요해.'

어차피 이곳에 남겨 둬봐야 파괴될 명옥.

그렇다면 역전의 한계를 뛰어넘기 위해 사용하는 수밖에 없다.

제스는 곧장 명옥에게 향했다.

성인 남성 크기만 했던 명옥이 이젠 반으로 확 줄어 있었다.

"비천한 술자가 감히 청하옵건데……."

제스가 명옥에 손을 얹고 신에게 경배하듯이 읊조리자 명옥이 몸으로 스며들었다.

이윽고 모든 기운이 발에 전달되니, 전에 없는 빛을 뿜으며 역전이 활성화되었다.

그 순간, 제스는 세상의 모든 것을 손에 움켜쥔 신과 같은 전능함을 만끽했다.

페르노크에 대한 두려움은 사라지고 뭐든 할 거라는 충만함이 확장되었다.

전장까지 감각이 넓어져 자연을 오가는 풀벌레들까지 바로 옆에 있는 것처럼 느낄 수 있다.

쿵!

제스가 환해진 세상에 발을 내리찍었다.

역전의 기세가 하늘까지 찌르며 사방에 균열을 일으켰다.

무려 10개가 넘는 균열이 발생했고, 온갖 신장들이 쏟아져 내렸다.

개중엔 재액의 화신에 버금가는 상위의 존재도 있었다.

그들은 진정한 신장처럼 하늘까지 찌를듯한 기세로 이곳에 달려오는 불청객을 맞이했다.

콰콰콰콰쾅!

수십의 하위 신장들이 빛에 산화되었다.

하늘이 노한 듯 새하얀 벼락을 내리꽂았고, 상위 신장들은 무기를 내리찍으며 격렬히 저항했다.

재액의 화신처럼 두려워하거나 물러서지 않았다.

남은 명옥을 흡수하여 자신의 한계치까지 끌어올린 제스의 역량이 그들을 완벽하게 통솔했기 때문이다.

콰아아아아-!

상위 신장들은 가히 걸어 다니는 재해와 같았다.

그들이 불과 물과 바람과 대지를 조종하자 천지가 뒤집힐 듯한 굉음이 울려 퍼지며 눈앞의 모든 것들을 휩쓸어버렸다.

페르노크가 전신무기화 상태에 돌입하여 모든 충격을 흡수했다.

그리고 검에 충격을 담아 순환연동까지 머금은 맥시멈 임팩트를 쏘아 보내자 상위 신장의 상반신이 거칠게 부서졌다.

하지만 빈 자리를 새로운 신장이 대체했고 다시 두꼬운 벽이 형성되었다.

[죽여라.]

제스가 새로운 균열을 추가했다.

명옥에 더하여 자신의 생명까지 소환에 더하고 있었다.

소환사의 결연한 각오가 전해졌기 때문일까.

상위 신장들의 분노는 걷잡을 수 없이 불어났다.

[제아무리 명계의 존재라 하여도.]

[그 찬란한 혼은 결국 생자의 굴레에 사로잡혀 있으니.]

[초월자여, 그 하찮은 몸으론 위대한 혼을 모두 끌어내지 못할 것이다!]

신장들의 목소리가 하늘을 울렸다.

이윽고 우박과 벼락이 쏟아졌으며, 대지는 갈라져 용암이 치솟았다.

하나만 있어도 나라를 부수고도 남을 상위 신장이 무려 여섯이나 내려왔다.

상위 신장들은 페르노크의 혼을 꿰뚫어 보았으나, 결국 육신으론 온전한 힘을 발휘하지 못할 거라 판단.

자신들 여섯의 힘을 집중시키면 페르노크는 재로 만들 거라 여겼다.

그리고 그것은 상위 신장들의 오만함이 부른 참사로 이어졌다.

"예전에도 그랬지. 네놈들은 감히 내 백성들을 붙잡아 그 역겨운 손가락으로 반으로 찢으며 놀길 좋아했었어. 목에 칼이 들어가는 줄도 모르고 말이야."

더 퍼스트에 피어오른 섬광을 한 줄기 선에 담아 내리그었다.

재해를 불러일으키는 신장들의 세계에서 그것은 고작 얇고 가느다란 일직선에 불과했다.

너무도 보잘것없어 가볍게 휘저으면 사라질 듯했다.

하지만 제스는 느꼈다.

상위 신장들의 표정도 달라졌다.

저건…… 저 안에 응축된 기운은 세상을 단절시키는 초월적인 영역의 일섬.

"탈(奪)."

오래전, 바르간타를 지탱했던 무쌍의 고유 검술에 순환 연동으로 팽창한 영력을 극한에 응축시켰다.

겉보기인 볼품없어 보이는 한 줄기 선이야말로 극한의 묘리를 담은 가장 패도적인 일격이었다.

서걱!

한 줄기 파공성이 여섯의 몸을 동시에 갈랐다.

상처에서 시작된 새하얀 빛이 거미줄처럼 번지며 상위 신장의 복원을 가로막았고.

콰콰콰콰쾅!

내부에서 폭음이 일며 거대한 육신이 수백 갈래로 부서

져 대지의 갈라진 틈 사이로 빨려 들어갔다.

쿵!

상위 신장의 남겨진 하체가 덧없이 무릎 꿇을 때, 페르노크는 언덕에 내려섰다.

가볍게 검을 털어 내자 상위 신장의 모든 조각들이 빛으로 화했다.

수많은 빛의 조각들이 균열 속으로 빨려 들어가는 모습은 흡사 유성우가 역류하는 것처럼 보였다.

그야말로 생사의 경계가 역전되는 찬란한 빛무리 속에서 페르노크는 언덕 아래의 제스에게 검을 겨눴다.

"네놈 혼자더냐."

관찰안이 발동된 순간, 신과 같은 기분을 만끽했던 제스의 감정이 현실로 되돌아왔다.

온몸이 발가벗겨진 것처럼 샅샅이 파고드는 오싹한 느낌에 제스가 이를 악물었다.

"분신체는 없군. 후월도 함께 있을 줄 알았는데, 혼자서 행동하다니. 배짱이 두둑해."

"바르간타……."

제스가 페르노크의 휘장을 살피곤 그제야 깨달았다는 듯 서슬 퍼런 안광을 번뜩였다.

"……네놈이 바르간타의 왕이었군. 한데, 어찌 명부를 이토록 잘 알고 있는 거지?"

그리고 제스는 상위 신장들의 말을 떠올렸다.

"명계…… 초월자…… 그 육신에 혹 다른 존재가 빙의되어 있단 말인가!"

제스가 발끝을 틀자 균열에서 쏟아져 나온 액체가 페르노크를 휩쓸었다.

그가 역전을 이어받은 뒤 갈고닦은 역병 덩어리들이었다.

외부에서의 공격이 통하지 않는다면 내부부터 갉아먹어 즉사시킬 생각이었다.

하지만 관찰안으로 이미 술수를 파악해 둔 페르노크에겐 의미 없는 전술이었다.

카앙!

눈 깜빡할 사이 굉음이 제스 후미에서 울려 퍼졌다.

어느새 뒤로 이동한 페르노크가 검을 휘두르고 있었는데, 무언가에 가로막힌 듯 멈춰 서고 있었다.

"균열로 방패까지 만든 건가."

페르노크가 서늘하게 웃었다.

"광대 놀음을 좋아하는군."

검을 역으로 틀어 버리자 소형 균열로 가다듬었던 몸 주위의 호신 방패가 모조리 깨져 나갔다. 그 순간 제스는 자신의 몸을 균열 속에 집어 던졌다.

모든 것이 샛노랗게 물든 경계선상의 지대.

생자는 살아남을 수 없는 구역질 나는 곳.

역전을 처음 계승받았을 때, 보던 것과 똑같다.

오직 계약자인 자신을 제외한 인간은 이곳에 발을 디딘 순간 생명이 갉아 먹혀 썩어 문드러지고 만다.

'이곳에서 다시 태세를 정비······.'

제스의 눈이 찢어졌다.

페르노크가 망설임 없이 균열 속에 뛰어 들어왔다.

"쥐새끼는 항상 막다른 곳에 들어가길 좋아하지."

모두 다 알고 있다는 듯 웃고 있는 페르노크가 섬뜩하기 그지없었다.

"네 역전도, 후월도 결국은 술자가 죽으면 모두 최초로 돌아간다. 네게 역전을 하사한 그자에게로."

"······!"

"그놈은 다시 너처럼 신장들을 끌어내겠지. 가뜩이나 복잡한데 미리 불어닥칠 상황을 외면해서야 쓰나."

페르노크가 영체화 상태에 돌입했고, 아티팩트에 거대한 영력이 뭉치기 시작했다.

"여기서 간단히 정리하자고."

그것은 이제껏 한 번도 경험해 보지 못한 상식 너머의 힘이었다.

"이곳에 존재하는 모든 것들과 네놈을 한 번에 소멸시켜 주마."

일검이 균열을 수직으로 베어 넘긴 순간.

샛노란 경계선상의 세계가 반으로 갈라졌다.

* * *

경계의 틈이 벌어지며 샛노란 액체가 흘러내렸다.

아라드는 저것을 경계의 눈물이라 불렀다.

경계에는 여러 개의 층이 있고, 그것을 하나씩 열 때마다 양수가 터지듯이 층을 감싼 액이 흘러내린다고 하였다.

"미친놈……."

그래서 제스는 믿을 수 없었다.

"열어?"

페르노크가 스스로 자멸을 자초한 것을.

"층을 부숴!?"

지금의 제스로서도 불가능한 보다 위의 존재들에게 향하는 길을 열어 버린 사실을.

"나조차 다룰 수 없단 말이다!"

모두 죽자는 생각으로밖에 보이지 않았다.

제아무리 역전을 가진 제스라도 상위층의 존재는 감히 범접하지 못한다.

이 위의 괴물들을 소환할 사람이 있다면 그건 오직 아라드뿐이었으니까.

즉, 자신이 통솔하지 못하는 이성을 가진 괴물들은 영역에 함부로 침입한 생자를 결코 용납하지 않는다는 뜻이다.

페르노크가 층을 갈라 합쳐 버림으로써 공멸의 길이 열렸다.

제스는 이곳에서 모든 것이 소멸할 거라 여겼다.

하지만 페르노크의 얘기는 이제부터 시작이었다.

"그래. 여기에 있겠지."

오래전의 얘기였다.

초대 명왕이 명부의 신장들을 소환하여 백성들을 무참히 도륙했었다. 그때, 결판을 내지 못했던 신장이 딱 하나 있었다.

놀랍게도 그는 인간의 형체를 하며 스스로를 신이라 칭하였는데, 초대 명왕을 죽이지 못했다면 화가 세상을 휩쓸어 영혼까지 소멸할 뻔했다.

제스가 그를 소환할 줄 알았다.

하지만 제스의 역량은 부족했고, 명부의 최상위 포식자를 다스리지 못했다.

이제 명부의 최강은 누구의 통솔도 받지 않은 채 살아있는 자들을 죽이기 위해 내려올 것이다.

"네놈들의 패는 싹부터 잘라 버려야 해."

이미 한 번 나라가 멸망하는 최악을 겪어 봤기에 전력이 분단된 이때야말로 적을 약화시킬 절호의 기회였다.

명부라 불리는 이 썩어빠진 찌꺼기들의 층을 모조리 박살 내어 설령 역전이 아라드에게 돌아가더라도 소환불이란 패를 사용하지 못하게 막는다.

재액의 화신 〈235〉

우우웅!

아티펙트의 기분 좋은 떨림이 페르노크 입가에 미소를 짓게 만들었다.

"정녕 미친 거냐! 페르노크!"

제스가 사색이 되었을 때, 갈라진 틈의 액체가 뚝 끊겼다.

그리고 경계를 두 손으로 열어젖히며 하계에 소환된 상위 신장보다 강한 존재감을 내뿜는 괴물들이 쏟아져 나왔다.

[어찌하여 생자가 이곳에…….]

제일 먼저 나온 신장에게 달려들어 곧장 맥시멈 임팩트를 터트렸다.

신장은 하계의 생자가 내뿜는 힘에 상처조차 받지 않을 거라고 자신했지만, 공격에 영력이 섞이자 바로 반응을 보였다.

콰앙!

놈이 피한 뒤편으로 날아간 검격이 따라오던 신장에게 직격했다.

그 몸부터 발끝까지 소멸하는 모습을 보고 경계를 열어젖힌 신장들이 놀란 눈을 부릅떴다.

[그대는 인간이 아니로다!]

[어이하여 중간의 존재가 이곳에 있는가!]

[절대자여, 인간의 굴레에 스스로를 가뒀단 말이냐!]

역시 최상위층의 존재들 정도 되면 아름아름 명계를 아는 듯했다.

 하지만 결국 저들도 명계에 올라오는 즉시 행렬에 휩쓸릴 수준이다.

 중간에 발도 디디지 못할 격과 위업이라곤 눈을 씻고 찾아보기 어렵다.

 단순히 찌꺼기들이 모여 힘에 취해 날뛰는 애송이들은 몸을 풀기 딱 좋은 상대다.

 '과거의 나였다면 이런 곳에서 칼춤을 춘다는 건 상상조차 못 했겠지.'

 신장들도 하계에 내려와서 인간들을 보았을 때, 이런 기분이었을까.

 영력을 다스리기에 신장과 자신의 차이가 확연히 느껴진다.

 저것들이 얼마나 모이던 영력에 흩어질 뿐인 찌꺼기들에 불과하다.

 콰아앙!

 통제권을 모두 상실해 버린 제스를 뒤로하며 페르노크가 신장들에게 달려들었다.

 [이 세상 어디에도 그대가 있을 곳은 없다.]

 [굴레에 갇힌 몸으로 망자들의 세계를 어지럽힐 거라 생각하느냐!]

 [오만함이 네 목줄을 조일 것이다.]

신장들은 페르노크의 의도를 알아챘다. 그리고 오만함에 비웃었다.

제아무리 초월자의 격을 가지고 있으나, 모든 힘을 저 비루한 육신에 담을 순 없다.

이곳에서 자신들은 끊임없이 힘을 보급받는 반면, 페르노크는 계속 힘을 퍼붓다 육신이 과부화되어 죽을 것이다.

적진에서 무한히 복원되는 적군을 전멸시키겠다니.

터무니없는 광오함에 새로운 계층의 신장들은 웃음을 터트리며 응수했다.

그리고.

콰콰콰콰쾅-!

페르노크 몸에 맞부딪친 자들이 모두 터져 나갔다.

[……!?]

그가 영력을 사용한다는 것은 직접 봐서 알고 있다.

하지만 지금 육신을 감싼 저것은 신장들로서도 처음 보는 특이한 힘이다.

페르노크는 더 퍼스트의 2단계 진화상태에 돌입했다.

전신무기화된 육신에 영력을 섞어 신장의 공격을 그대로 맞아줬다.

오히려 부딪힌 신장들이 자신들의 힘을 감당치 못하고 영력까지 흘러 들어가 끔찍하게 죽어 나가기 시작했다.

그들은 터진 육신을 다시 복원시키려 했다.

하지만 영력이 상처에 파고들자 얘기가 달라졌다.

[물러서!]

신장들이 다급하게 거리를 벌렸다.

복원이 불가능할 정도의 순도 높은 영력이 신장들을 소멸시켜 나간 것이다.

[명계의 힘을 억눌러라!]

[소모전은 우리가 유리해!]

어느새 팔짱을 끼며 관망하던 다른 신장들까지 난입했다.

그들은 페르노크의 영력이 계층에 녹아드는 순간 모든 곳으로 전염되어 정화될 것을 우려했다.

독이다.

저건 계층에 파고든 재액 덩어리.

그야말로 그들의 천적.

재액의 화신이라 부를 만했다.

"언제까지 뒤에서 지켜만 볼 생각이냐!"

전신무기화 상태에 축적된 신장들의 힘을 순환연동으로 증폭시켜 영력에 실어 날려 보냈다.

초승달 형태의 새하얀 검기가 세로로 길게 늘어지며 신장들의 거대한 무기와 맞부딪쳤다.

서걱!

부기와 봄을 반으로 가르며 계층 너머로 향한 검기가 무언가에 가로막혔다.

페르노크가 씨익 웃었다.

줄곧 관망하던 그놈이 마침내 반응했다.

"네놈도 나를 기억하느냐."

페르노크가 소멸해 가는 빛무리를 밟으며 계층으로 뛰어들었다.

몸이 무겁게 짓눌렸다.

계층 하나를 넘을 때마다 육신을 짓누르는 농도가 짙어진다.

호흡이 가빠지고, 마력이 단절되며, 진흙이 달라붙은 듯 몸을 바닥으로 끌어 내리려 한다.

단지, 지나치는 것만으로 전신무기화에 힘이 축적되어 간다.

어느새, 신장들은 보이지 않고 샛노란 빛은 빨갛게 물들었다.

마치 세상이 모두 끈적거리는 핏물 같았다.

그 녀석의 몸처럼.

"변함없이 숨어 지내는군."

페르노크는 영력이 흩어진 자리를 노려보았다.

기포가 올라오며 새빨간 액체로 이루어진 사람의 몸이 탄생되었다.

[놀랍군. 환생하지 않은 건가.]

역시 계층의 주인은 자신을 기억하고 있었다.

아무리 새로 몸을 만들어도 왼쪽 가슴에 새겨진 상처를

지우진 않는다.

 초대 명왕의 소환을 받고 하계에 신처럼 군림하던 녀석은 페르노크에게 일격을 맞았다.

 줄곧 수치라고 표현하던 놈은 초대 명왕이 죽음과 동시에 경계로 빨려 들어갔다.

 이미 그때도 계층에서 적수가 없던 놈이다.

 아무리 코어에 상처를 입었다고 한들 셀 수도 없는 시간이 흐른 지금 얼마나 더 강해졌을지 짐작조차 못 했었다.

 그런데 이렇게 마주하고 보니 녀석의 모든 것이 손에 잡힐 듯이 보였다.

 관찰안을 열 필요도 없었다.

 계층의 주인.

 자라드의 모든 것은 이 공간에 동화되었다.

 여기 존재하는 모든 것들이 자라드의 심장이고 손이고 발이며 칼이었다.

 [범접하지 못할 존재가 되었군. 하지만 너는 육신에 갇혀 있고, 이곳은 나의 세상이다. 그때와 반대로군.]

 결국, 육신이 소멸된 페르노크는 혼의 상태로 다시 명계로 되돌아갈 것임을 자라드도 알고 있다.

 "역전술사가 이곳으로 도망친다면 그때, 네놈을 다시 만나리라 생각했었다. 분명 너라는 존재는 내 계획에 변수가 될 테니까."

[그때보다 오만해졌군. 인간 주제에.]

"이 같잖은 공간을 두려워했다면 내가 여기까지 올 생각도 안 했겠지."

축적된 힘이 촛불처럼 훅 꺼졌다.

"화근은 싹부터 잘라야 해."

무방비해진 모습이다.

적어도 페르노크를 죽일 수십 가지의 방법이 한 번에 떠올랐다.

이곳까지 올라오면서 페르노크가 선보인 패를 눈여겨봤었다.

자신이 하나의 각도를 집중적으로 파고들 때, 페르노크는 마땅한 대응이 없을 거라고 판단했다.

그렇다면 하나의 각도에 버금가는 출력을 수백 개의 가닥으로 나누어 페르노크 전신을 두드리는 건 어떨까.

사고가 하나로 귀결된 순간.

핏물 같은 공간에서 새빨간 줄기가 튀어나왔다.

소리가 미처 따라가지 못하는 속도였다.

페르노크가 꼬챙이가 되어 살려 달라고 울부짖는 모습이 눈에 선했다.

[······?]

한데, 무엇이든 꿰뚫어 버리는 자신의 창이 페르노크 주위 1미터 앞에서 멈춰 섰다.

끼이익-!

정방향으로 흘러가던 바퀴가 역방향의 바퀴와 맞물려 삐걱대는 것처럼 가시들이 부르르 떨었다.

이윽고 아무것도 느낄 수 없었던 페르노크의 사라졌던 힘이 검 끝에 모이기 시작했다.

초월.

더 퍼스트의 최종 진화.

모든 힘을 극한에 이르는 한 점에 응축시킨다.

그것은 가히 신이 노한 것처럼 대지를 뒤집고 바다를 가르며 하늘을 찢어발긴다.

[잔재주를!]

한 번 사라졌던 힘이다.

저것이 온전하게 모이는 과정이 꽤 복잡하게 이뤄졌다는 걸 자라드도 바로 파악했다.

하지만 가시들만으로는 접근하기 어려웠다. 모여드는 힘의 농도가 가시들을 밀어내고 있었다.

그 순간 자라드의 뇌리에 좋은 생각이 번뜩였다.

상대가 응축하는 방식으로 도전해 온다면 자신도 마다할 이유가 없었다.

이 계층의 모든 것이 자신의 통제를 따르니, 무한한 힘을 모아 응축시킨다면 한낱 인간이 만들어 낼 수준을 넘어선다고 확신했다.

의념이 즉시 계층에 전달되어 샛노랗고 빨간 힘을 자라드 앞에 모았다.

순수한 힘의 충돌.

마다할 이유가 없는 두 존재의 극한이 터져 나왔다.

콰아아아아-!

구슬 같은 크기의 두 힘이 맞부딪쳤다.

그 어떤 것도 간섭을 불허하겠다는 듯 어느 한쪽 밀리지 않고 팽팽한 대립이 이어졌다.

자라드가 줄다리기에 종지부를 찍겠다는 듯 계층의 모든 힘을 구슬에 더했다.

터져 나간 힘에 새로운 힘을 추가해서 다시 응축시키는 상상도 못 할 공정이 순식간에 이어졌다.

그런데 이상한 일이다.

아무리 더하고 더해도 페르노크의 구체가 부서지지 않는다.

아니, 오히려 구슬 같은 크기가 더욱 작아지고 있다.

종내에 그것은 눈에 보이지도 않을 희미한 점이 되었고 눈 깜짝할 사이 자라드의 구체를 꿰뚫었다.

[……]

자라드가 왼쪽 가슴에 새겨진 실낱 같은 상처를 살피며 고개를 갸웃했다. 그리고 상처에서 피어난 하얀빛이 몸을 집어삼켜 그를 부숴 버렸다.

그 순간, 핏빛 공간이 요동쳤다.

[유형의 힘을 무형으로 승화시켰단 말인가. 있을 수 없는 일이다. 물질적인 요소를 그런 식으로 조작하는 방식

은 인간의 육신으론 절대 불가능해!]

자라드가 놀라는 것도 무리는 아니다.

계층의 주인인 그가 할 수 있는 최대한의 집중력을 더 퍼스트가 넘어섰다는 것은 가히 신위에 달한다고 봐도 무방했기 때문이다.

"또 도망치려고?"

고작 한 발로는 자라드를 완전히 소멸시킬 수 없다.

예전처럼 도망칠 뿐이다.

이 공간의 모든 것을 한 번에 소멸시켜야 자라드의 존재마저 삭제된다.

그리고 씨앗은 이미 심었다.

페르노크가 관찰안을 열자 자라드에게 새겨 놓았던 영력의 잔재가 포착된다.

그곳에 초월을 퍼붓자 자라드는 반격을 꾀하며 동시에 다른 곳으로 의지를 이동한다. 페르노크가 피식 웃으며 같은 행위를 반복했다.

자라드는 도망치는 것 외에 뾰족한 수단이 없었다.

아무리 몰아쳐도 순수한 힘 대결에서 밀린 순간, 모든 행위가 도망치기 위한 수단에 불과할 뿐이라는 걸 통감하고 있었다.

페르노크는 명백히 육신의 굴레를 넘어서려 하는 중이다.

모든 판단이 틀어졌다고 생각했을 때, 자라드의 의식이

한 곳에 멈춰 섰다.

[……]

더는 도망칠 공간이 없었다.

공간에서 공간으로 이어지는 길에 구멍이 뚫려 있었다.

그곳에서 피어오른 영력이 핏빛 세계를 하얗게 물들였다.

계층을 이루는 찌꺼기들이 모두 정화되는 것이다.

"네놈들이 생자의 힘을 우롱하듯이, 명계에선 영력 앞에 모든 것이 평등하다."

페르노크가 검을 털자 자라드의 마지막 출구가 터지며 새빨간 몸체가 튀어나왔다.

"하계도 명계도, 어디에도 속하지 못해 계층에 몸을 숨겨 사자들의 원한을 집어삼키며 기생하는 버러지 같은 것들이 감히 신의 자격을 논한단 말이냐."

[네놈이야말로 신이 정한 섭리를 거슬러 그 육신을 거머쥐지 않았더냐! 네놈이 다시 죽게 되는 날엔 명계에서조차 섭리를 뒤틀어 버린 네놈을 용납하지 않을 것이다!]

페르노크가 서늘하게 웃으며 방점을 찍듯 자라드의 육신에 검을 내리꽂았다.

"명계에 오지도 못한 놈이 입만 살아선."

관통한 검이 지면에 닿자 그곳을 기점으로 공간에 퍼져 나간 영력 덩어리들이 연동했다.

핏빛 세계가 지워지고 새하얀 영역이 가득 채워진 공간이 도래한 순간, 이곳을 이루던 균형이 무너지기 시작했다.

페르노크는 완전히 소멸한 자라드를 확인하고 계층을 빠져나갔다.

하얀빛이 샛노란 세상까지 집어삼키고 있었다.

모든 것이 허물어지는 그 한가운데에 제스가 망연자실한 표정으로 주저앉아 있었다.

"네놈들은 이들이 세계를 다스리는 신이라고 여겼나?"

페르노크가 호박색 빛을 잃어 가는 발을 힐끗 살피며 검을 들어 올렸다.

"명계와 하계 사이에 위치하여, 인간의 악의만을 집어삼켜 온 찌꺼기들이 얼마나 강하다고 한들 결국은 스러져 버릴 먼지만도 못할 것들인데. 이런 하찮은 것들이 네놈들을 구원한다고 생각하나?"

그리고 제스의 역전을 다시 회수할 아라드에게 확실히 보란 듯이 말했다.

"곧 찾아가마."

제스가 악을 내지르려는 순간 검은 무심히 그의 목을 베었다.

그가 죽자마자 발에 감돌던 호박색 빛이 사라졌다.

평범해진 육신이 계층에 삼켜져 갔고, 페르노크는 다시 한번 초월을 발동시켜 경계를 넘었다.

고요한 언덕에 돌아와 신장들이 만들어 놓은 폐허 너머를 바라보았다.
 사자들이 모두 쓰러진 곳에 연합군의 깃발이 휘날리고 있었다.

4장. **빛과 어둠**

빛과 어둠

"연합군의 승리다!"

전장에 연합군의 함성이 울려 퍼졌다.

끝도 없이 쓰러진 사자들을 가로지르며 그들은 다시 성을 되찾았다.

다행히 보급품은 그대로였다.

시체들이라 음식을 먹지 않아도 되고, 평야에서 싸우느라 공성 병기 같은 거추장스러운 것들을 제스가 운반시키지 않았기 때문이다.

"함부로 만지지 마!"

"독이 묻어 있을 수 있다!"

"철저히 확인하고 약 뿌려!"

"약초를 더 가져와! 치료제를 더 만들어야 해!"

우선 그들은 약초가 부족해 임시방편으로 만들어 두었던 약재를 확실히 채워 나갔다.

성황국의 치료사들이 합류해 준 덕분에 검버섯이 피어오른 자들의 안색도 확연하게 좋아져 갔다.

루트밀라도 혼자서 걸을 정도로 상태가 회복되었다.

그는 바로 갑옷을 입고 성루에 올랐다.

두 번 다시 같은 술수에 당하지 않겠다는 듯 매번 굳은 표정으로 경계를 서고 있다.

페르노크가 그에게 다가갔다.

"상처가 다시 도질 수도 있어."

"괜찮습니다. 지금 당장 주먹을 휘두르긴 무리지만, 웬만한 적들의 기척은 감지할 수 있습니다. 이렇게라도 해야 책임자의 체면이 살죠."

"허식에 얽매이지 않는 사람이라고 느꼈는데?"

"한 번 당해 보니 알겠더군요. 적은 생각보다 더 기상천외한 방법으로 우리를 궁지로 몰아넣는다는 것을요."

루트밀라는 제스가 남긴 상처를 훑으며 쓰게 말했다.

"적은 아직 궁지에 몰리지 않았습니다. 이 성도 시체들을 만들기 위해 내줬다는 걸 알게 되니, 지금의 승리가 달콤한 독약처럼 느껴집니다."

"지금은 기뻐해도 좋아. 적의 패 하나를 무력화시켰으니까."

"그…… 역전이라는 것 말입니까?"

페르노크가 고개를 끄덕였다.

"역전은 다시 본래 소유자에게 돌아갔다. 하지만 역전으로 열어 버릴 경계엔 더 이상 소환될 괴물들이 남아 있지 않아."

"하면, 어느 정도 약화된 것입니까?"

"확신은 할 수 없지만 절반 정도는 역전의 쓰임새가 다했다고 봐야겠지."

"온전히 부술 순 없었던 겁니까?"

"본체를 죽이면 돼."

"아라드……."

루트밀라가 고개를 저었다.

포위했을 때는 아라드를 중요하게 여기지 않았지만, 명왕이나 명옥의 설명을 듣고 나선 그를 찾아야만 한다는 초조함에 마음이 다급해져 갔다.

"역전의 보유자는 지닌 개성에 따라 새로운 방식으로 진화시키곤 하지. 제스가 너희들에게 역병을 뿌린 것처럼."

"그럼 아라드는 뭘까요?"

"나도 확인해 보고 싶어. 그런데 그놈, 참 묘하단 말이야. 성황을 죽일 땐, 천둥벌거숭이처럼 날뛰더니만 정작 힘자랑을 해야 할 땐 꽁꽁 숨어 있어. 굉장히 독특해."

"아직 아라드가 덫에 걸려들었다는 보고가 없습니다."

"숨어서 역전과 후월을 나눠 주고 있으니까. 자신은 모습을 드러낼 필요가 없는 거지. 그러니 우리는 이를 역으로 이용한다."

빠르게 치유되어 가는 루트밀라군이라면 예정된 시각대로 움직일 수 있다.

이를 확인한 페르노크가 덤덤히 말했다.

"놈이 파견한 수하들을 덫에 몰아넣고 죽여 명부의 힘이 다시 아라드에게 귀속되는 과정을 더듬어 간다. 이번엔 경계 속에서 죽여 버리는 바람에 불가능했지만, 하계에서 명왕의 권능을 소유한 자들을 죽이면 그 이질적인 기운들이 정확히 포착될 거야. 그걸 따라가면 아라드를 찾아낼 수 있어."

그러면서 페르노크가 영사환 두 개를 루트밀라에게 내밀었다.

"상처가 회복되는 대로 병력을 놈들의 수도로 진군시키도록."

"전하께서는 어찌하실 생각이십니까?"

"명옥이 느껴지는 곳들을 헤집으며 먼저 수도로 향할 것이다. 아무리 놈이 여유가 넘치더라도 자신의 제국이 무너지는 꼴을 가만두고 보진 않을 테니까. 추적과 침공 두 가지 방식을 전부 동원해서 아라드를 찾아야겠다."

무엇보다 황실기사단원의 기억으로 살펴본 그 동굴이 신경 쓰였다.

역전의 소유자까지 죽였는데도 나타나지 않은 아라드에겐 뭔가 비장의 패가 숨겨져 있다.

그것은 분명 동굴에 있다.

그곳을 찾아야 한다.

거기를 부숴 버리면 이 기나긴 전쟁도 막을 내린다.

"두 손이 호박색에 물든 자를 만나거든 영사환을 쏘아 보내고 철저히 병력을 뒤로 물러라. 퇴군해도 좋으니 결코 맞상대하지 마."

"알겠습니다."

루트밀라가 무거운 표정으로 고개를 끄덕이자 페르노크가 피식 웃으며 성루에서 몸을 날렸다.

순식간에 작은 점으로 멀어진 페르노크는 다시 라키스 제국의 수도로 달려가고 있었다.

* * *

아라드가 눈을 떴다.

긴 밤을 지새운 것처럼 몽롱했던 정신이 번쩍 돌아왔다.

"폐, 폐하!"

루나가 아라드의 발을 보곤 경악했다.

평범했던 발에 호박색 빛이 어리더니 완벽한 역전 상태에 돌입한 것이다.

"어찌하여 역전을······."

"제스가 죽었다."

"······!"

"으음, 오랜만에 꿈을 꾸나 했더니 그게 제스의 기억이었군."

지금도 눈을 감으면 선명하다.

제스가 무엇을 시도해서 어떻게 죽어 나갔는지, 모든 과정이 머리에 그려진다.

"곧 찾아가마."

선명한 경고에 헛웃음이 흘러나왔다.

제스는 압도적인 능력으로 루트밀라군을 괴멸 직전까지 몰아넣었다.

특기인 역병을 통해 적을 완벽히 무력화시켰고, 그들의 사체로 명옥을 만들어 바르간타로 진격할 일만 남았었다.

하지만 뜻밖의 존재가 모든 것을 망쳤다.

"페르노크……."

신장들을 모조리 해치우고 경계 너머로 들어가 계층을 박살 내 버린 신위는 이미 인간의 경지를 넘어섰다.

특히, 명부에 충돌하는 특별한 힘은 기억을 엿보는 아라드조차 전율케 만들었다.

"영혼을 다스리는 방법을 알고 있었단 말인가."

힘의 끝을 알 수 없었다.

무엇보다 명부에 대적할 상극의 힘이 있다는 사실이 께름칙했다.

어느 정도 명부에 대항할 재료가 페르노크 손에 있다고 예상은 했었지만, 역전의 가장 큰 특징인 소환을 무용지물로 만들어 버린 이 사태는 아라드의 예상을 훌쩍 뛰어넘었다.

"폐하! 정녕 제스 단장이 죽었단 말입니까!"

믿기지 않는지 경악하는 루나에게 아라드는 고개를 끄덕였다.

"정보를 남기고 죽었으니 억울하진 않을 것이다."

"하오나, 제스 단장은 반드시 저희의 대계에 필요한 인재였습니다!"

"그랬었지. 죽기 전까지는."

상냥한 목소리에 날카로운 가시가 맺히자 루나가 마른침을 꼴깍 삼켰다.

"애석하게도 역전의 힘을 노출시켜 우리의 패 하나를 망가트리고 말았다. 명옥도 다 써 버렸고, 사자의 군세는 저 먼 땅에 묻히고 말았어."

"그, 그럼 명옥을 새로 만들어야 한단 말입니까."

"크리스를 깨우려면 명옥이 필요하지. 필요해…… 그런데 시간이 없단 말이야."

아라드가 페르노크를 떠올리며 쓰게 혀를 찼다.

"쯧쯧, 그 괴물 같은 놈이 반드시 이곳을 찾으려 할 텐데, 섣불리 이쪽의 패를 보였다간 바보 노출될 것 같고……."

"제게 맡겨 주십시오! 다시 한번 성황국을 압박해, 페르노크의 발을 붙잡아 놓겠습니다!"
"……같은 술수가 두 번 통할 상대가 아니지."
"하오나, 이대로는 모든 것이 수포로 돌아갑니다!"
"음……."
팔짱을 끼고 고민하던 아라드가 갑자기 씨익 웃었다.
"아무래도 패 하나를 더 써야 할 것 같구나."
"그게 무슨 말씀이신지요?"
"생각해 보니 명옥을 더 만들 필욘 없겠더구나. 우리에게 필요한 것은 크리스를 부활시킬 막대한 에너지야. 명옥이 아니더라도 그만한 힘을 모아오면 돼."
루나가 의아하여 고개를 갸웃하는 사이 아라드의 발이 다시 평범한 색으로 되돌아왔다.
"역전의 계승자를 바꾸도록 하지."
"제스 단장 외에는 역전 계승이 불가능하지 않습니까?"
"본래는 불가능했다. 하지만 지금은 가능해."
아라드의 미소가 서늘해졌다.
"페르노크가 계층을 부숴 버린 덕분에 역전이 절반으로 줄었거든."

　　　　　　　　＊　＊　＊

브레이아는 황실기사단원을 눈앞에 두고 덤덤히 물었다.
"명부…… 지금 그 모든 설명이 사실이란 말인가?"

"그렇습니다. 저희 기사단은 명부의 힘을 사용하기 위한 단체이며 세계를 하나로 묶기 위해 은밀히 활동해 왔습니다. 하지만 제스 단장이 죽었고, 지금 그 자리를 이어받을 사람이 필요합니다."

"그게 나란 말이냐."

"예."

"어째서 나지? 네 말이 모두 사실이라면 명부의 힘은 마력이 없는 자를 간택할 텐데?"

"역전이 마력 없는 자를 고른 이유는 소환수들이 마력을 거부했기 때문입니다. 하지만 지금 소환수들은 모두 사라졌고, 역전은 고유의 개성만 남아 있게 되었죠."

"개성?"

"사용자에 따라 특별한 성능을 드러냅니다. 제스 단장은 역병을 만들어 냈지요."

"그럼 나는?"

"그건 직접 역전을 거머쥐시면 알게 되실 겁니다."

브레이아가 피식 웃었다.

"정말 사람 부려 먹기 좋아한단 말이지, 폐하는."

이윽고 그가 자리에서 일어나 기사단원 앞에 섰다.

"내가 이걸 받으면 얼마나 살 수 있나?"

아무리 소환수가 사라졌다곤 해도 적합자가 아닌 자가 강제로 이어받았을 때 마땅히 부작용이 있을 것이다.

"폐하께옵선 이 전쟁이 끝날 때까진 충분히 생을 이어

나갈 거라 하셨습니다."

"세계 통일은 보고 죽는다…… 그거 다행이군."

"저를 죽이시면 역전이 계승됩니다."

"자네도 참 안타까운 인생일세. 어쩌다 폐하를 받들어 모셔서 이토록 어두운 곳만 돌아다니나."

황실기사단원은 말없이 브레이아를 보았다.

브레이아는 웃으며 손날을 세웠다.

"막다른 골목에 모인 자들의 반항이 얼마나 거친지, 내가 직접 저들에게 증명하겠다."

그리고 브레이아의 손날이 황실기사단원의 심장을 꿰뚫은 순간.

우우우웅!

브레이아의 뇌리로 생전 경험해 보지 못한 지식들이 흘러 들어왔다.

영원 같은 찰나가 순식간에 지나고 난 뒤에 그의 발이 호박색에 물들어 있었다.

그리고 그는 깨달았다.

제스의 역병처럼 자신이 무엇을 할 수 있는지.

"듣거라."

전능함으로 충만해진 목소리가 공간에 울려 퍼졌다.

시립하고 있던 그의 수하들이 무미건조한 표정으로 브레이아를 보았다.

"폐하께서 내게 하사하신 이 힘은 나의 마도술을 북돋

는다. 심지에 불이 붙은 촛대와 같다. 활활 타오르게 만드는 대신 내 목숨을 빠르게 앗아 가지. 역전을 받아들인 나는 폐하의 말씀보다 일찍 죽을 수 있다. 전쟁이 끝나기 전에 내가 사라질지도 모른다. 그래서 나는 후회를 남기고 싶지 않다."

"저희도 똑같습니다."

"그럼 나와 함께 불태워 보겠느냐?"

"예!"

우렁찬 화답이 들리자 브레이아가 씨익 웃으며 지면을 밟았다.

호박색 선이 수하들에게 이어졌다.

"내 능력은 두 가지다. 하나는 마도술의 역량을 상승시키는 것. 그리고 다른 하나는 살아 있는 자들에게 명부의 힘을 불어넣어 초월적인 육신을 갖게 하는 것."

"초월……."

"너희는 살아 있으면서도 불사의 몸을 가지게 되는 것이다. 그래, 이를테면 살아 있는 신장인 셈이지."

브레이아의 역전은 대상의 잠재력을 극한까지 끌어올린다.

그것은 본래 육신이 감당할 수준을 넘어서 생명까지 긁어모으는 한계 돌파였다.

그 대가로 목숨과 인간의 형태를 잃어 가지만 수하들은 아랑곳하지 않았다.

자신들의 머리에 뿔이 돋아나고, 등에 새로운 팔이 돋아나도 브레이아를 향한 충성심과 인간의 마음은 잃지 않았다.

겉모습이 바뀌는 대가로 통일 제국을 맞이할 수 있다면 얼마든지 목숨을 내어 줄 수 있다.

그들은 한평생 칼끝에 선 전장의 악귀들이었다.

"제르 후작께선 어디까지 밀리셨지?"

"이 성에서 반나절 떨어진 거리입니다."

"우리 목숨이 바로 코앞에 달려 있었군."

브레이아가 문을 열었다.

무장한 병사들이 질서정연하게 서 있었다.

"너희들의 임무는 단 하나다."

10명의 수하들이 끓어오르는 마력으로 브레이아에게 집중했다.

"죽여라."

역전의 힘을 받은 그의 마도술도 찬란한 빛을 토하고 있었다.

"우리의 성을 침범하려는 놈들을 한 놈도 남기지 말고, 해안가에 이르기까지 전부 찢어발겨라!"

* * *

해안가의 상황은 순조로웠다.

제르가 단신으로 막아섰으나, 루인과 근원을 대처하지 못하여 계속 밀려났다.

가슴에 치명적인 일격까지 박아 넣었음에도 제때 도착한 브레이아의 기사단이 아군의 진격을 조금씩 늦춰나갔다.

사방에서 브레이아의 용병술이 빛을 발했으나, 결국 압도적인 병력 앞에선 무의미했다.

성을 목전에 뒀을 무렵, 성황국에서 신관이 찾아왔다.

회색이라 불리는 그가 바로 새하얀 구슬을 꺼내 보였다.

"페르노크 전하께서 만드신 겁니다. 이것이 있어야만 명옥에 대처할 수 있습니다."

회색 신관은 수뇌부들에게 지금까지 있던 일들을 모두 설명했다.

수뇌부들은 믿지 않았으나, 예정된 시각보다 각 군의 진격이 늦은 것을 확인하곤 명옥을 심각하게 받아들였다.

"마도술이 통하지 않는 불사의 군대…… 이것이 있다면 대처 가능하다고 분명 말씀하셨습니까."

"영사환을 사용한 뒤에 성황께서 사자들을 제압하셨습니다."

"그렇군요. 그럼 브레이아가 나오지 않는 것도 명옥과 관계되었을 거라 보는 게 맞겠습니다."

"그리고 전하께옵서 한 가지를 더 전하라고 하셨습니다."

"무엇을 말입니까?"

"저로선 무슨 뜻인지 모르겠지만……."

회색 신관이 루인에게만 들리도록 속삭였다.
"마르코가 명옥을 사용하는 자들의 독약이라고 했습니다."
죽은 자와 어둠의 근원.
"……!"
벼락이 뇌리에 꽂히는 듯했다.
어떤 생각이 번뜩 떠오르자 루인은 크게 미소 지었다.

* * *

근원은 만물의 본질에서 태동하였다.
불의 숨결, 바다의 푸름, 숲의 생명, 무형의 바람.
기본적인 4가지를 바탕으로 가지를 넓힌 끝에 자연계의 힘을 다루는 자들이 출현하게 되었다.
그들은 본질에서 파생된 힘을 사용하여 신과 같은 기적을 선보이게 되었다.
하지만 어둠에 비할 바는 아니었다.
어둠 혹은 절망이라 불리는 근원.
이것의 본질은 심연에서 출발하여 모든 만물의 그림자에 깃들어 있고 흡수하여 통솔하는 지배력을 발휘한다.
인간의 생사에도 언제나 어둠이 있으니, 양면에 존재하는 어둠의 근원은 빛을 제외한 모든 것에 달라붙어 있다.
특히, 죽음이야말로 어둠과 뗄 수 없는 관계였다.
실제 절망군주도 그 당시엔 죽음의 신이라 불릴 정도였

으니까.

"마르코, 이번이 좋은 시험대가 되겠군요."

"무엇을 말인가요?"

"당신의 한계가 절망의 시대만큼 벅차오를지 혹은 이대로 무너질지."

루인은 마르코와 지평선 너머를 바라보았다.

"전하께선 명부의 대처로 2가지를 말씀하셨는데, 그중 하나가 바로 근원입니다."

"제 근원이 명부와 맞물리기 때문입니까?"

마도술은 통하지 않고 근원은 명부에 타격을 입힐 수 있다.

마르코가 이해한 명부 대처법은 그 정도가 전부였다.

"영사환 덕분에 마도술로 적과 대적할 방법이 생겼습니다. 하지만 후월이란 존재가 신경 쓰이는군요. 대신관, 아니 성황까지 궁지로 몰아넣은 그녀를 제가 감당할 수 있을지 자신이 없습니다."

"그건 모르는 일입니다. 성황도 영사환 덕분에 전쟁을 승리로 이끌지 않았습니까."

"전하께서 함께 계셨으니 가능했죠. 하지만 전하는 지금 단독으로 적의 심장부를 노리고 계십니다. 해안가는 처음부터 연합군 최고의 전력을 유지한 채로 진격하란 임무를 받았죠. 더 이상의 증원은 없단 얘깁니다."

루인이 마르코에게 고개를 돌렸다.

"계속해서 부담만 주는 것 같아 미안하군요. 하지만 전하께선 그분의 역할을 당신이 대신할 거라 믿고 계십니다."

"제가요?"

"근원은 죽음을 삼킬 수 있습니다. 그리고 당신의 근원은 죽음의 신이라 불린 자의 기원을 따르고 있지요."

"죽음……."

"마도사들과의 대결이 당신에게 충분한 경험을 안겨 줬으리라 믿습니다. 제르를 상대할 때도 허리를 뜯어 버린 순발력과 판단력은 당신의 한계가 지금보다 더 높아질거란 기대감을 심어 줬지요."

은의 신관에게서 도망치던 그때와 모든 것이 달라졌다.

마르코는 자신 안에 잠든 근원이 계속해서 팽창해져 감을 느끼고 있었다.

실력 없는 자가 제르에게 일격을 성공시킬 수 있을 리도 없었다.

단 한 번이라도 틈이 열리면, 그곳을 찌르고 들어갈 수 있는 날카로운 창.

지금의 마르코를 평가하기에 이보다 적절한 것은 없었다.

"제르는 전선을 계속 미루며 시간을 벌고 있습니다. 하지만 그것도 이제 끝이겠죠. 성을 목전에 두고 있으니 제르와 브레이아는 함께 들이닥칠 겁니다. 거기에 후월까지 합세한다면 저는 더 이상 당신과 합을 맞추지 못하겠군요."

루인이 부드럽게 웃었다.

"근원이 가리키는 대로 움직여 승리를 쟁취하세요. 제 목숨이 필요하다면 기꺼이 사용해도 좋습니다."

"……!"

"전쟁은 그런 겁니다. 아주 약간이라도 승률을 높이기 위해 사용 가능한 모든 수단을 동원해야 하죠. 당신을 신관에게서 구한 그 사람처럼 말이에요."

은인의 모습을 떠올린 마르코가 굳은 표정으로 루인을 마주 보았다.

"알겠습니다."

루인이 흐뭇하게 웃으며 지평선으로 시선을 돌렸다.

아직 석양이 저물지도 않았건만, 저 너머에 짙은 그림자가 드리우고 있었다.

"생각보다 빠르군요."

이윽고 그림자가 샛노란색으로 번지기 시작하자 루인은 싸늘한 미소를 지으며 전장에 나섰다.

* * *

제르가 힘겨운 숨을 내쉬며 나무에 걸터앉았.

복부에 감싼 천이 새빨갛게 젖어 있었다.

'2번째인가.'

같은 적에게 2번이나 같은 술수로 당했다는 사실이 믿

기지 않았다.

아니, 지금와서 생각해 보면 특이한 힘을 사용하는 아이의 성장이 남달랐다.

분명, 마력의 우위로 루인을 압도하고 있었을 텐데, 아이가 남긴 상처가 너무 깊어 도저히 전투를 이어 나갈 수 없었다.

제르는 마력을 난사하며 조금씩 물러났다.

성의 증원군들을 이용해 적을 최대한 지연시켰다.

하지만 루인의 기세는 불이 붙은 듯 거침없이 커져나갔다.

브레이아가 자랑하는 용병술과 제르의 노련한 마력 운용을 무참히 밟아 버리며 진격을 감행했다.

이제 더는 막을 힘도 남아 있지 않다.

마르코에게 당한 상처가 아물지 않았기 때문인가.

아니면, 세월을 거스를 수 없는 것인가.

제르는 피식 웃었다.

성황국의 상황도 급변했다고 들었다.

크리스까지 생사불명 된 마당에 제국의 명운도 끝에 달했다고 생각했다.

"여기 계셨습니까."

그때, 브레이아가 나타났다.

그가 근처에 오기까지 전혀 인기척을 느끼지 못했다.

"자네가 여긴 왜……?"

"성에서 기다려 봐야 수성밖에 더 합니까."

"병력이 열세면 수성에 전념해야지."

"두드려 맞다 죽겠죠. 해서, 폐하의 선물을 받아 오는 길입니다."

"뭐?"

"명부에 대해서 아십니까?"

브레이아의 설명이 이어지자 제르는 헛웃음을 터트렸다. 믿고 말고의 문제가 아니었다.

그토록 압도적인 힘을 사용하지 않은 아라드의 행동이 이해되지 않았기 때문이다.

"……해서, 제가 역전을 이어받았습니다. 물론, 반절에 불과하지만요."

"왜 폐하께선 이것을 이제 사용하셨는가?"

"한 번 사용하는 순간 많은 생명을 삼켜야 하기 때문입니다. 명옥은 그토록 위험한 물건입니다. 그리고 그때의 폐하는 이것을 조절할 수 없었다고 하셨고요. 다행히 전쟁이 끝나 라키스가 제국으로 우뚝 서는 바람에 명부를 다시는 쓸 기회가 없었던 겁니다."

"차라리 전쟁을 더 확전시켜, 그때 통일 제국을 완성시켜야 했어."

"이미 지나간 일을 후회해 봐야 소용없습니다. 과거로 돌아가는 마도술이 있다면 모르셨시만요."

제르가 고개를 설래 저었다.

"크리스 공작은 살아 있다고 하시던가?"

"예. 하지만 공작님을 살리기 위해 필요한 에너지가 부족하다고 했습니다."

"그것을 명옥으로 채우고?"

"명옥이 아닌 다른 방식입니다. 협조해 주시겠습니까?"

제르가 창백해진 얼굴을 쓸어 넘기며 피식 웃었다.

"괴물이 된다면 얼마나 살 수 있지?"

"그 힘이 다할 때까지."

"활활 태워야겠군. 이제 더는 미련도 없으니."

현 13작들에게 모든 것을 물려주고 뒷방에 눌러앉았던 원로들이다.

죽을 날만 기다리던 자들이 나라를 위해 뭉쳤으니, 이제 끝을 맞이해야 할 순간이다.

"자네도 참 어려운 짐을 짊어지게 됐군."

"받은 은혜가 있으니 갚아야죠."

"병사들은 시체로 만들 텐가?"

"죽은 뒤에 생각해 보겠습니다."

"끌끌끌, 어설프군. 나라면 처음부터 불사의 군대를 일으켰을 텐데, 자넨 여려. 그런 점이 또 괜찮다고 느끼지만."

제르가 몸을 일으키자, 브레이아의 발끝에서 피어오른 호박색 줄기가 지면으로 파고들었다.

주위에 원형진이 생기고 제르가 안에 몸을 담갔다.

명부의 기운이 스며들자 모든 상처가 회복되어 나갔다.

"자네가 내 성을 이어받아서 다행이로군."

빛 무리에 삼켜져 원형조차 사라져 가는 제르에게 브레이아가 결연한 표정으로 말했다.

"반드시 승리를."

이윽고 빛이 기둥처럼 하늘로 쏘아지는 순간.

브레이아는 지평선 너머를 바라보았다.

새하얀 구체가 대군 위에 떠올라 있었다.

분명, 황실기사단원이 말했던 명옥의 대처법이다.

하지만 물러설 곳이 더는 남아 있지 않다.

"내가 먼저 길을 열겠네."

빛이 사라진 자리에 두 쌍의 뿔이 돋아난 새하얀 피부의 괴인, 제르가 서 있었다.

흘러넘치는 마력과 명부의 기운을 느끼며 브레이아가 지면을 짓밟았다.

땅이 흔들리니 대군이 나섰고, 살아 있는 신장으로 변한 수하들이 양옆에 자리했다.

브레이아가 호박색에 물든 발을 지평선에 내디디며 소리쳤다.

"전군, 진격하라!"

* * *

루인은 라키스의 군세를 파악하자마자 한 발 앞서 병력

을 이동시켰다.

주위엔 지형지물이 없고 풀과 잡초투성이의 넓은 대지다.

그나마 진형 잡기 좋은 자리를 먼저 선점해야 정면 충돌에서 우위를 점할 거라 여겼다.

판단은 나쁘지 않았다. 그저 예상치 못한 변수가 끼어들었을 뿐이다.

"불사의 군단이 아니군요."

적의 신관이 생기 넘치는 브레이아의 군대를 살피고 의아한 표정을 지었다.

분명, 저들을 감돈 건 보고로 전해 들은 명부의 기운이 분명하다. 실제로 하늘까지 노란빛에 물들고 있었으니까.

하지만 사자들이라는 예상과 달리 적들은 요동치는 심장을 간신히 억누르며 진군해 오는 사람들이었다.

굳은 표정에서 각오가 전해져 오자 루인이 싸늘한 미소를 지었다.

"쉽지 않겠군요."

"예?"

"우리가 명옥에 대항할 방법이 있다고 생각하니, 바로 불사의 군대를 만들지 않았습니다. 해 봐야 무의미하다고 여겼겠죠."

애초에 불사의 군단은 무한히 복원되는 장점을 제외한다면 이지 없는 인형이라는 단점도 부각된다.

영사환을 가진 이쪽에서 명옥을 무력화시키면 불사의

군단은 먹기 좋은 허수아비에 불과한 것이다.

"생자끼리 맞부딪쳐 전력의 손실을 유도하고, 깎인 아군은 다시 시체로 부활시켜 압박한다는 소모전입니다. 한데, 한 가지가 더 있어요."

생자들 간의 전투에서 영사환을 쓰지 않으려고 생각하자, 병력 뒤편에 있는 거대한 기운들이 신경 쓰였다.

"후월의 여인인지 아닌지 모르겠지만, 명옥을 다스리는 자가 섞여 있습니다. 남다른 기척의 괴물들도 있고요."

"영사환을 아끼시겠습니까?"

생자의 무리에 명부의 술사들이 섞여 있다.

영사환을 아끼자니 술사들이 신경 쓰이고, 영사환을 사용하자니 괜히 힘만 낭비하는 것 같아 난감했다.

하지만 루인이 지팡이를 움켜쥐며 단호히 생각을 정리했다.

"장기전을 생각했지만 바꿔야겠습니다."

루인이 품에서 영사환을 꺼냈다.

"3시간 안에 끝내야 합니다."

영사환의 출력을 최대로 폭등시켜 아군에 생기를 불어넣고 적의 모든 술수를 배제시킨 뒤 섬멸한다.

단기전으로 승부를 끌고가야 하는 상황에서 루인은 오히려 드러난 패를 가속시키는 방식으로 전술을 진휜했다.

그리고 영사환이 태양의 자리를 삼키며 새하얀 빛을 뿜

어내는 순간.

"키아아아악!"

적 뒤편에서 울부짖는 괴성이 들려왔고.

"남김없이 불태우세요!"

루인이 바로 상실을 발동시켜 일대를 거대한 침묵의 공간으로 감싸 안았다.

영력을 받아 침묵 속에 흰 줄기들이 감도는 공간은 밤하늘의 별처럼 영롱하기 그지 없었다. 하지만 소음이 들려온다.

상실조차 찢어발기는 강력한 적들이 유성우처럼 쏟아져 내렸다.

콰콰콰쾅!

적의 신관이 내뻗은 두 손을 마력으로 확장시켜 허공에 출몰한 괴인들과 맞부딪쳤다.

순식간에 10명이 통과하자, 녹의 신관이 지면에서 물을 뽑아내 날카로운 창으로 휘몰아쳤다.

쾅!

중앙의 두 괴물이 가볍게 물을 찢으니, 회색 신관이 손을 뒤틀었다.

그러자 공간이 어지럽게 흔들리며 두 괴물이 비틀어지려 했다.

나선.

회색 신관의 마도술은 공간을 틀어 그 안에 속한 자들

까지 함께 터트린다.

영력을 머금어 보다 증폭된 마도술이 뒤따라오던 8명의 괴인들을 붙잡는데 성공하였으나, 앞선 두 명은 이 마저도 부숴 버렸다.

그에 루인이 공간을 좁혔다.

상실의 밀도를 높이기 무섭게, 각 진형의 지휘관들이 병력들을 이끌었다.

순식간에 양측의 병력이 정면 충돌을 시작할 무렵, 전열을 가다듬은 세 신관 앞에 두 쌍의 뿔이 돋아난 괴인이 내려섰다.

"제르……?"

명부의 기운을 품은 제르가 씨익 웃으며 마력을 터트렸다.

콰쾅!

적의 신관이 억누르려 했지만 소용없었다.

놀랍게도 증폭된 마력은 세 신관의 마력 장악을 우습게 떨쳐 내며, 그들을 사방으로 날려 버렸다.

그리고 붕괴된 마도사들의 공간 속에 호박색의 빛이 떨어져 내렸다.

루인은 상실을 더욱 좁혀 오직 그에게 집중하였다.

영사한의 빛을 받아 명부가 힘을 잃어야 하건만, 놀랍게도 그는 호박색의 발을 내세우며 묵묵히 전의를 불태웠다.

"후월…… 은 아니겠군."

브레이아가 타 버릴 것처럼 환하게 빛나는 주먹을 말아 쥐었다.

"역전이라고 하더군. 사람을 괴물로 둔갑시키는 힘이 있어."

상실이 삐걱대기 시작했다.

가뜩이나 상성이 좋지 않은 상대였다.

세상 모든 것을 꿰뚫어 버리는 빛이 역전을 머금어 더욱 증폭되었다. 영사환의 힘을 받았다 한들 상성은 쉽게 좁혀지지 않았다.

"내게 당하고도 정신을 못 차린 건가. 이 마도술은 내게 털끝도 상처 입히지 못해."

루인은 웃었다.

몇 번이나 브레이와의 일기토를 예상했었다.

상극의 존재.

하지만 방법이 없다면 이 자리까지 나올 일도 없었을 것이다.

"네놈들의 오만함까지 전부 내 휘하에 두고 바르간타를 멸하겠다."

브레이아의 빛이 상실을 집어삼켰다.

"상극과 어째서 정면으로 맞부딪치려 하는 거지. 네 상실은 유연하다. 어떤 형태로든 바꿀 수 있어."

페르노크의 조언을 얻은 뒤부터 적들에게 상실로 공간을 넓히는 모습만 각인시켰다.
그리고 지금 제르와 브레이아 모두 상실을 부숴뜨렸다고 착각하며 정면 승부를 고집해 오고 있다.
'두 번은 없다.'
브레이아가 대처하지 못할 처음이자 마지막 기회.
알 껍질처럼 상실의 구체가 갈라진 순간, 영사환의 영력이 루인의 지팡이 속에 스며들었다.

* * *

무엇이 요동치려 하고 있다.
브레이아는 고요한 루인에게 기묘한 위화감을 느꼈다.
하지만 이미 마도술은 발동했다.

섬멸.

강화계와 자연계가 뒤섞인 그의 마도술은 본래 볼품없는 돌진에 지나지 않았다.
처음에는 발에서 미약한 전류가 흘러 영락없는 자연계 마도술로 오해했었다.
하지만 계속 부딪치며 전류가 불에서 다시 소리와 빛으로 변하는 현상을 보고 그는 자신의 마도술을 깨달았다.

오직 하나를 말살하기 위해 존재하는 힘.

무식한 돌진에서 진화한 이 빛은 돌격과 동시에 인체의 간섭을 차단한다.

그것은 마력을 극한에 응축시켜 날카로운 창처럼 다듬는 것으로, 주위에서 달라붙는 물질들이 오히려 베어 나가는 부가적인 효과였다.

하지만 속도에 돌파와 간섭 불가가 더해지자 그는 대부분의 마도술에 상극이 되었다.

강화계가 붙잡지 못하고, 자연계는 뚫어 버리며, 특이계는 속도를 따라오질 못한다.

그야말로 무적에 가까운 섬멸을 막은 자는 이제까지 딱 한 명.

군신 크리스뿐이었다.

"너의 마도술은 몸에 침투하는 모든 것의 저항력을 가지고 있다. 이것을 뚫으려면 힘으로 찍어 누르거나, 속도에 대항하거나, 너의 주위 환경을 뒤바꿔야 하지."

약점이 없는 건 아니었다.

하여, 크리스는 직접 지도하며 대부분의 약점을 없애 주었다.

"힘은 더한 속도로 부숴라. 너조차 조절할 수 없는 속도는 이 세상 누구도 막지 못한다."

그러나 단 한 가지만은 크리스도 지우지 못했다.
그가 아닌 그의 환경에 개입하는 것.
즉, 공간 자체의 변형을 일으키는 마도사들.
무상성이라 칭해지던 브레이아도 성황국의 아리샤 같은 존재에겐 섬멸의 효과를 보지 못한다.
하지만 지금은 이전의 자신이 아니다.
역전을 가진 마도술은 크리스가 지적한 모든 단점을 보완하고도 남을 극한의 속도를 안겨 줬다.
넘쳐흐르는 마력과 죽은 자의 기운이 뒤섞여 페르노크가 아니고서야 절대 막지 못한다고 확신했다.
무적이어야 했을 텐데…….
"……?"
루인의 코앞에서 빛이 더 이상 나아가지 못했다.
무언가에 가로막힌 것도 아니다.
손날을 내뻗은 자세로 주위 풍경이 느리게 흘러간다.
'뭐지?'
그 속에서 오직 루인의 미소만 짙어졌다.
"상실은 단지 지우기 위해 존재하지 않아."
지팡이가 저절로 부서져 가루처럼 흩날리고 브레이아의 주위를 집어삼켰다.
눈 깜빡할 사이 주위가 달빛 한 점 없는 어둠에 뒤덮였다.

사위가 보이지 않아 끝을 도무지 짐작할 수 없었다.
 하늘과 대지마저 사라진 공간엔 몸이 붕 뜬 것 같은 묘한 느낌만 들 뿐이다.

 [영특한 자네라면 눈치챘겠지.]

 공간에 루인의 목소리가 울려 퍼졌다.

 [이것은 마력으로 빚어낸 그릇일세.]

 브레이아는 한눈에 이 공간을 이루는 구조를 파악했다.
 '지우는 힘이 전부가 아니었나.'
 놀랍게도 이곳은 마력 한 점 통하지 않는 외부와 단절된 공간이었다.
 아무것도 없는 빈 공간은 무한하게 펼쳐져 있어 채우고 채워도 모자랄 허무한 그릇 같았다.

 [내 마음속 깊은 상실이 빚어낸 곳이지. 그곳에서 영원히 발버둥 치시게나.]

 이전의 방식이 상실로 마력을 밀어내 마법과 마도술의 발동을 금지하는 것이라면, 이것은 마력이 상실된 공간에 개인을 가둬 버리는 봉인술과 비슷했다.

'그때, 전력이 아니었나.'

르젠에서 이미 루인의 마도술을 경험했다고 자신한 브레이아였다.

고도로 응축된 그의 마력을 루인은 벗겨 내지 못했고 간신히 몸을 피하는 선에서 전투를 끝냈다.

완벽한 상극.

브레이아는 루인의 천적 같은 존재라고 생각했다.

그리고 지금도 그 생각은 변하지 않았다.

'제아무리 넓은 공간도 결국 한계가 있는 법.'

섬멸은 크리스의 가르침으로 이형의 공간마저 찢어 버릴 수 있는 영역에 승화되었다.

태초부터 존재하지 않고, 마력으로 만들어진 인위적인 곳이라면 섬멸이 꿰뚫지 못할 곳은 없다.

우우웅…….

한데, 이상한 일이다.

그토록 굳건했던 마력이 새어 나가고 있다.

마치, 단단한 그릇에 구멍이 뚫린 것처럼 역전의 기운과 함께 흘러 나간다.

"어느 잡놈이 적장과의 일기토를 더럽히느냐!"

우렁찬 목소리와 함께 흩뿌려진 호박색 기운이 공간에 감춰진 누군가를 드러냈다.

그를 본 브레이아의 미간이 찌푸려졌다.

빛은 사라지고 그의 모습도 공간에 녹아들었지만 분명

보았다.

해안가에서 제르를 패퇴시켰던 이형의 존재.

마르코.

"이 썩을 애새끼가!"

그 순간, 어둠이 줄기처럼 브레이아의 몸을 휘감았다.

* * *

제르는 이상 현상을 감지했다.

브레이아의 화려한 마력이 삽시간에 사라져 버린 것이다.

"괴물이 되어서도 한눈팔 여유가 있는 건가?"

제르가 뒤로 몸을 날리며 브레이아의 격전지를 살폈다.

작은 점이 지면에 찍혀 있었고, 루인이 그곳에 손을 올리며 식은땀을 흘리는 중이었다.

'저놈, 공간 확장이 전부가 아니었구나.'

해안가는 중요한 격전지였다.

그곳에서부터 자신을 상대하기까지 루인은 패를 숨기고 있었다.

제르보다 브레이아를 더 위협적인 상대라 판단하고 적들이 깜빡 속을 정도로 마도술을 단순하게 인식시켜 버린 것이다.

콰콰쾅!

지면에 찍히는 손바닥 자국만큼이나 제르의 심장도 철

령였다. 역전을 머금은 브레이아가 저곳을 탈출하지 못하는 이유에 절로 시선이 쏠렸다.

'저것만 없애면 돼.'

명부의 힘을 정화시키는 하늘의 영사환.

저것에서 흘러나오는 신비로운 기운이 예상보다 강력하게 그들을 옥죄고 있다.

브레이아도 필시 영력에 시달려 저토록 작은 구멍 하나를 뚫지 못하는 것이리라.

'병력이 밀리고 있다. 더는 시간이 없어.'

각 나라의 정예들이 모인 해안가 병력들이다.

브레이아가 사라져 사자의 무리로 재탄생하지 못하는 병사들은 정면 힘 싸움에서 무기력하게 밀릴 수밖에 없다.

핵심은 브레이아다.

그의 섬멸이 반드시 적장을 관통해야 해안가를 밀고 나갈 수 있다.

'전장의 승리까지는 보고 죽으려 했건만, 내겐 조금의 시간도 허락되지 않는군.'

제르가 명부의 기운으로 자신의 생명을 불태워 마도술을 폭등시켰다.

대기 중의 모든 마력이 손에 잡힐 것처럼 전능해지는 이 충만감은 이제껏 겪어 보지 못한 신세계였다.

이 한순간만큼은 설령 크리스라 하더라도 마력 상악에서 밀릴 거라 장담하며, 넘쳐 오르는 생명을 마력에 담아

빛과 어둠 〈283〉

일대를 내리찍었다.

쿠우우우웅!

"……!"

세 신관의 허리가 접혔다.

묵직한 쇳덩이가 어깨를 내리찍는 듯했다.

적의 신관이 이를 악물며 두 손으로 하늘을 떠받쳤다.

S2에 이른 마도술, 합력이 마력을 밀어내려 하지만 역부족이었다.

그에 회색 신관이 합력을 막아서는 마력을 굴절시켜 압력을 떨쳐 내려 하였다.

그리고 녹의 신관은 대기 중에 떠도는 수분을 얇은 실처럼 만들어 제르에게 쏘아 보냈다.

쩌어어엉!

모든 것이 제르 근처에서 멈춰 섰다.

"크하하하하!"

그의 마력이 폭주하며 사방의 모든 마법과 마도술을 증발시켰다.

모든 마력이 입자로 화하여 소용돌이치며 연합군을 몰아쳤다.

"고약한……!"

적의 신관이 울컥 피를 토하며 연합군 앞을 합력으로 막아섰다.

사방에 수십 개의 손도장이 새겨져 마력의 폭풍과 맞부

덮쳤고 상쇄시키는 데 성공했다.

하지만.

콰드득!

"……!"

적의 신관이 떨어져 나간 오른쪽 어깨를 부여잡으며 피를 토했다.

제르의 마력을 간신히 막아섰으나 반동으로 팔이 찢겨 나갔다.

녹의 신관이 급히 물로 출혈 부위를 잡았고, 살짝 벌려진 틈으로 회색 신관의 굴절이 펼쳐졌다.

제르가 장악한 마력이 역으로 그에게 쏘아지는 기현상이 연출되었다.

그리고 제르는 이 순간을 기다리고 있었다.

콰아아아아-!

굴절된 마력이 제르 주위를 휘감아 거칠게 회전하며 마력을 더해 갔다.

가히 범접할 수 없는 영역이 하늘까지 치솟았다.

"막아!"

영사환에게 뻗어 나가는 마력에서 명부라는 불순물이 정화되었다.

하지만 마력은 그 자체로 남아 있고 회색 신관의 마노술을 역으로 이용해 기세를 드높였다.

도저히 닿을 것 같지 않던 하늘 끝까지 송곳처럼 치솟

앉다.

 하지만 회색 신관이 자신 몸 주위에 굴절을 두르고 직접 폭풍에 뛰어들었다.

 마력의 중간 부분이 끊어짐과 동시에 회색 신관이 추락했다.

 "커헉!"

 온몸이 칼날에 베인 것 같은 상처로 가득했으나, 마력의 기세를 잠재우는 데 성공했다.

 그것만으로 자신의 역할을 다한 거라 여긴 회색 신관이 이를 악물며 제르를 노려보는데.

 "하하하하!"

 그가 웃고 있었다.

 그리고 세 신관이 뒤늦게 눈치챘다.

 거대한 마력에 감춰져 있던 실낱같이 응축된 마력이 루인에게 향했다는 사실을.

 "협회장!"

 영사환은 눈속임이었다.

 루인의 집중력을 끊어뜨리고, 세 신관이 어쩔 수 없이 저항하게 만들어 상처를 입히려는 의도였다.

 깨달았을 땐, 마력이 루인의 주변을 휩쓴 뒤였다.

 콰콰콰쾅!

 루인이 뒤로 물러나며 손을 하늘에 뻗었다.

 새까만 입자가 모여들더니 다시 그의 지팡이로 변했다.

그리고 검은 점이 있던 자리에선 호박색 빛이 터져 나왔다.

쾅!

상실을 뚫고 빛이 승천했다.

제르가 씨익 웃었다.

'됐다.'

자신의 목숨을 불살라 신관들을 무력화시켰고, 루인의 비장의 수를 깨뜨렸다.

브레이아는 같은 수에 두 번 당하지 않는다.

끝이다.

연합군에 더 이상 저 거인을 막아설 존재는 없다고 생각했었다.

저 기괴한 것을 보기 전까지는.

"아아아아아!"

상실에서 솟구친 호박색 빛에 새까만 줄기가 매달려 있다.

눈에 익은 아이가 핏발 선 눈으로 원수를 노려보듯이 브레이아에게서 떨어지려 하지 않는다.

"뭐냐."

심지어 그것은 호박색 빛을 파먹어 더욱 커져 가고 있었다.

"대체 뭐냔 말이야!"

뜯겨 나간 허리에서 고통이 치밀어 오르는 듯했다.

* * *

마르코에게 주어진 명령은 단 하나였다.

"제 상실 속에 깊은 어둠이 깃들어 있을 테니, 그 안에 숨어 브레이아에게 달라붙도록 하세요."

페르노크가 이르기를 근원은 태초부터 존재해 왔던 씨앗과도 같다고 했었다.
어둠에서 파생되는 모든 부정적인 것들이 이 속에 깃들어 있으니, 이것을 다루는 자에 따라서 누군가를 살리거나 죽일 수 있다고 하였다.
명부도 마찬가지였다.
이 부정적인 힘은 어둠의 근원과 비슷한 측면이 많았다.
서로 같은 힘이라면 '절망군주'의 근원을 이어받은 마르코가 유리할 거라고.
명왕이라면 모를까, 하수인들을 상대로는 절대 밀리지 않으리라 페르노크는 자신했었다.
아니, 믿음에 가까웠다.
적어도 그가 아는 절망군주는 진정한 절대자였으니까.
그러한 믿음에 가까운 자신감이 마르코에게 전해졌다.

"모조리 빨아들여."

브레이아에게 근원을 접촉시켜 이를 흡수해 어둠을 증폭시키라는 뜻이었다.
하여, 3가지 장치가 이루어졌다.

하나는 상실의 깊은 어둠으로 근원을 감춰 브레이아에게 접촉하는 것.
다른 하나는 영사환의 영역으로 명부의 기운을 정화시켜 브레이아의 힘을 억누르는 것.
마지막으로 루인이 모든 마력으로 상실을 유지시켜 브레이아의 심력을 깎아내는 것.

이 3가지가 적을 약화시키고 근원을 강화시켰다.
까드득!
하지만 아무리 흡수해도 브레이아의 기세가 누그러질 기미를 보이지 않는다. 게다가 흡수하는 양이 마르코의 조절 능력을 넘어섰다.
'이대론 어둠이 모든 것을 삼켜 버릴 거야.'
마르코의 불안한 시선이 루인에게 닿았다.
루인은 웃고 있었다.
[괜찮습니다.]
의념이 마력을 타고 전달된다.

빛과 어둠 〈289〉

[당신이 감당할 수 없는 힘이에요. 굳이 다스릴 필요도 없지요.]

하늘 끝에 서자 검은 줄기는 터질 듯이 부풀어 올랐다.

[근원은 가장 위험한 자와 맞부딪칠 겁니다.]

그리고.

[해방하세요. 지금까지 흡수했던 모든 것을 전부 다!]

마르코가 근원의 조절을 풀어 버린 순간.

쾅!

브레이아는 거칠게 근원을 떨어뜨리며 하늘을 밟았다.

그리고 보았다.

"……!?"

하늘을 뒤덮은 새까만 어둠의 장막이 소름 끼치는 절망을 브레이아에게 내리꽂으려 하고 있었다.

* * *

생전 처음 보는 이질감이 하늘을 뒤덮었다.

장막에서 시작된 새까만 근원이 지평선 너머까지 뻗어 나갔고, 찬란했던 태양을 삼키며 짙은 밤하늘을 만들어 냈다.

온 세상이 근원으로 뒤덮여 한 치도 벗어나지 못할 것 같은 아득함.

브레이아는 생전 처음 경험해 보는 아찔함에 이를 악물었다.

"내 힘에 기생한 도둑질로 마도술을 꺾어 낼 성싶더냐!"

마르코 혼자의 힘이라면 절대 불가능한 수준이었다.

루인의 상실 속에 갇혔던 브레이아의 역전과 마력을 빨아먹어 팽창시킨 근원을 그대로 내보인 것.

통솔이 불가능할 정도로 거대해진 근원을 단지 풀어 놨을 뿐인데, 놀랍게도 이 힘은 역전을 흡수한 것에서 그치지 않고 사방에 자리 잡은 어둠까지 긁어모았다.

"절망군주의 근원은 개인의 부정적인 감정과 이면에 섞인 그림자와 어둠을 모두 양식으로 삼는 절망이다."

문득 떠오른 페르노크의 말이 마르코를 소름 끼치게 만들었다.

본인조차 이토록 거대한 힘이 내면에 잠들었을 거라곤 상상조차 못 했다.

'이게 계속해서 퍼져 나가면 어떻게 되는 거지?'

추락하는 마르코가 루인을 보았다.

루인은 은은한 미소를 지으며 마르코를 마력으로 떠받칠 뿐이었다.

'우린 못 막아.'

루인도 팽창하는 근원에 손을 대지 않았다.

아마도 이 상황 자체가 아군에게 해가 되지 않을 거라고 장담하는 듯했다.

마르코는 하늘에서 역전을 북돋는 브레이아에게 시선을 돌렸다.

'네가 막아 봐.'

시전자조차 통제를 포기한 근원을 그가 막아서길 바랐다.

그리고 서로 상쇄되어 사라진다면 연합군에게 있어 최고의 시나리오다.

"이 애새끼가아아아!"

분노하는 브레이아는 한 가지 착각하고 있었다.

마르코가 근원으로 자신을 공격한다는 것.

당연히 아군까지 위험에 빠뜨리게 할지 모를 광범위한 공격을 술자가 다스린다고 믿는 게 정상이었다.

그리고 그것이 브레이아를 다급하게 만들었고, 근원이 명확한 표적을 찾도록 이끌었다.

터져 나오는 역전의 사악한 기운을 근원이 탐하기 시작했다.

콰아아아아-!

어느새 사위는 짙은 어둠으로 가득 찼고, 병사들조차 전투를 멈추며 하늘에 떠오른 호박색 빛을 바라보았다.

그건 마치 밤하늘에 박힌 둥근 달과 같아서 서로 어울리는 모습이 자연스럽게 느껴졌지만, 어둠이 밀려올 때 병사들은 주저앉고 말았다.

콰콰콰쾅!

눈으로 좇기 힘든 빛이 어둠을 터트리며 대기를 진동시켰다.

상공에서 발생하는 충격파가 지상까지 휩쓸 정도였다.

"크아아아!"

괴성이 엉뚱한 곳에서 터져 나왔다.

몸이 갈라지기 시작한 제르가 절규했던 것이다.

"어떤 놈이 이토록 추잡한 수를 쓴단 말이냐!"

마지막 생명을 불태워 만들어 낸 필사의 마력 칼이 사방에 폭발하려 하자, 루인의 상실이 제르 주위를 원형으로 감싸 안았다.

동시에 영사환을 집중시키자 제르의 마력 칼은 공간 속에 녹아 사라졌다.

신관들이 시린 가슴을 쓸어내리며 원형의 공간을 바라보았다.

어느새 루인이 제르와 마주하고 있었다.

"적장이 일기토를 치름에 암살자까지 동원하다니, 바르간타는 명예를 모르는 야만인들의 나라였던가!"

제르가 피를 토하며 외치자 루인은 무심히 답했다.

"악마에게 영혼까지 팔아 가며 나를 죽이려는 용기를 높게 사고 있소. 하지만 나는 그대들과 일기토를 생각한 적도 없을뿐더러, 오직 승리만을 목표로 달려왔을 뿐이오. 하여, 사자들까지 이끄는 그대들의 행위를 더럽다고 생각하지도 않소."

루인의 입가에 서늘한 미소가 맺혔다.

"그딴 몸이 되어서까지 이 나라를 지키고 싶은 게 아니요. 나도 마찬가지요. 내 실력으론 도저히 저자를 당해 낼 수 없더이다. 그러니 승리를 위한 여러 가지 방안을 강구해야지. 그대들처럼 악마에 혼을 파는 한이 있더라도 나는 연합군의 승리를 위해 뭐든 할 준비가 되어 있소."

울컥, 피를 쏟아 내며 한쪽 무릎 꿇는 제르를 루인이 내려다보았다.

"필사적인 그대에게 경의를 보내며 내가 보내는 마지막 예우였소."

"내 죽어서도 이날을 잊지 않을 것이다!"

"침략을 먼저 행한 쪽에서 그딴 말이 나오다니. 상당히 소심한 남자였구려."

명부의 힘을 끌어 쓴 대가로 붕괴하는 몸에 상실과 영사환을 덮었다.

제르의 몸이 구슬처럼 작아지는가 싶더니 눈 깜짝할 사이에 재가 되어 흩날렸다.

그와 동시에 지휘관들에게 가로막혀 있던 브레이아의 수족들이 달려들었다.

역전의 힘을 작게나마 받은 영향으로 괴물이 되어 버린 그들을 거대한 그림자들이 휩쓸었다.

"므오오오오!"

뿔을 가진 이형의 종족이 거대한 도끼를 휘두르자, 그

위에 올라탄 근원의 아이들이 괴물과 맞부딪쳤다.

그리고 찰나에 마력을 회복한 루인이 영사환의 영력을 머금은 상실을 퍼트리니, 괴물들은 연거푸 밀리다가 쓰러지기 시작했다.

"루인, 무사한가!"

뿔족의 마티가 도끼를 치켜세우며 용맹하게 소리쳤다.

루인은 머리가 어지러운지 비틀거리다가 지팡이로 간신히 몸을 지탱했다.

"허허허, 제때 오셨군요."

"비늘족은 바다를 지키고 있다!"

"라키스가 바다로 돌아가는 정황은 없던가요?"

"아무도 없다! 바다는 우리의 것이다!"

루인이 미소 지으며 고개를 끄덕였다.

처음 브레이아의 성으로 진격할 때, 병력을 크게 세 부류로 나누었다.

하나는 루인과 신관들이 속한 내륙강습군.

다른 하나는 해상을 경유할지 모를 라키스의 해상제압군.

그리고 이종족과 근원의 아이들을 비롯해 고위 마법사들을 섞은 특수별동군이었다.

특수별동군의 역할은 내륙강습군의 측면을 치는 온갖 행위를 사전에 포착하여 섬멸하거나, 이를 내륙강습군에 알리는 역할이다.

특수별동군의 책임자인 마티가 이곳에 합류했다는 건

후방을 걱정하지 않아도 된다는 뜻이다.

"조금 힘을 회복할 시간이 필요합니다."

"저 괴물 때문인가?"

마티가 가리킨 하늘에선 수많은 빛들이 점멸하고 있었다.

바라보는 것만으로도 살 떨리는 충격파가 연달아 터져 나와 지상까지 휩쓸었다.

용맹한 마티조차 어둠과 맞서 싸우는 빛을 괴물이라 칭할 정도였으니, 브레이아의 맹위가 극에 치달았음을 어렵지 않게 파악할 수 있었다.

"말도 안 되긴 하는군……."

루인도 혀를 내둘렀다.

마도술간의 역량이라면 마력 장악으로 여러 가지 변수를 창출할 수 있다.

브레이아가 아무리 상극이라도 루인 역시 노련한 마도사였고 충분한 대처가 가능했다.

하지만 역전을 머금은 저 마도술은 이미 인간의 한계를 뛰어넘었다.

S3 마도사라 불러도 손색이 없을 경지에 올라섰으니, 하늘을 새까맣게 물들인 근원과도 승부를 겨룰 수 있는 것이다.

영사환의 최대 출력을 사용했지만, 브레이아가 꿈쩍도 하지 않았던 이유를 알 것 같았다.

놀랍게도 브레이아는 근원과 접촉하는 와중에 자신의

역전이 흡수되지 않도록 통제하는 영역까지 이르렀다.

근원의 적합자가 아니었음에도 제스 이상의 통솔력을 선보여 나갔다.

하지만 루인은 느끼고 있다.

브레이아 또한 제르와 같은 운명이다.

근원과 처절하게 겨루는 만큼 그의 생명도 불태워지고 있다.

"저것이 근원……."

루인이 적의 신관을 돌아보았다.

"은의 신관이 연구했던 그것과는 다릅니다."

"설명은 들었소. 이해되지 않는 부분도 있었지만, 성황께서 허락하셨으니 우리도 문제 삼진 않았지. 다만, 저것을 통제할 수 있겠소?"

다른 신관들도 굳은 표정이었다.

그들도 저 거대한 절망에 어떻게 대처해야 할지 감이 잡히지 않았다.

"불가능합니다. 마르코가 20년은 수련해야 겨우 저 경지에 닿을 수 있을 테니까요."

"그럼 브레이아가 저것을 깨뜨리지 못하면 어찌 막을 작정이오?"

"최소한 근원에 구멍을 뚫겠죠. 기세를 잃은 근원을 영사환으로 쪼개서 마르코가 통제 가능한 수준까지 끌어내릴 생각입니다."

"가능하겠소?"

"전하께서 알려 주신 방법이긴 하지만…… 글쎄요. 저희가 너무 상황을 낙관적으로만 보는 게 아닐까 싶군요."

적의 신관이 고개를 갸웃하자, 루인이 딱딱하게 굳은 표정으로 하늘을 바라보았다.

"브레이아가 근원을 소멸시킬 가능성도 있지 않습니까."

찬란한 호박색 빛이 근원 중심부를 샛노랗게 물들이고 있었다.

* * *

어둠은 다양한 형태로 브레이아를 공격했다.

콰콰콰쾅!

빗발치는 어둠을 호박색 빛이 맞받아치면서 균형을 이루는 듯했으나, 시간이 흐를수록 초조해지는 건 브레이아였다.

'이건 더 이상 내 역전을 흡수하지 않는다. 하지만 병사들에게 어둠을 뻗치고 있어.'

여기서 사자의 무리들을 탄생시켜 봐야 어둠의 먹잇감이 될 뿐이다.

장기전은 오히려 브레이아의 생명만 갉아먹고, 어둠을 키우는 양식이 되어 버린다.

'어떤 힘이든 코어가 존재한다. 이 야생마처럼 날뛰는

어둠에도 중심부가 있을 터.'

브레이아가 몸을 웅크려 역전의 힘을 한곳에 집중시켰다.

마도술 섬멸이 송곳보다 더 작은 점으로 뭉칠 때, 조여오는 어둠의 장막으로 빛이 쏘아졌다.

쾅!

어둠을 단숨에 뚫어 버린 빛이 그 너머에 이르렀다.

놀랍게도 푸른 하늘에 태양이 내리쬐고 있었다.

'하늘과 지상의 경계 같은 역할. 그렇다면…….'

브레이아가 뚫린 구멍을 어둠이 채우는 모습을 지켜봤다.

어느 선에서 흐름이 시작되어 모여드는지 확인한 후 재차 섬멸을 이어 나갔다.

콰콰쾅!

상하좌우를 자유롭게 돌진하는 모습은 성난 황소 같았다.

근원으로도 붙잡지 못할 난폭한 일격들이 연달아 이어졌다.

점에서 시작된 돌파가 빛으로 이어져 선으로 완성되었고 장막에 수를 놓듯이 어둠에 샛노란 빛을 퍼트려 나갔다.

그리고 반응이 왔다.

역전과 맞부딪치는 장소 중 유독 한 곳에서 특별한 파

장이 느껴졌다.

'저곳인가!'

근원도 돌발하는 상황을 느꼈다.

놀랍게도 야생마 같은 어둠이 코어를 보호하려 뭉치기 시작했다.

단지, 마도술만을 가졌던 브레이아라면 절대 뚫지 못할 강도를 자랑했다.

'도망칠 곳도 없어!'

브레이아는 역전의 출력을 최고조로 이끌어 마도술을 한 차원 높은 곳으로 승화시켰다.

순간, 마도술은 S3에 이르러 단순한 빛의 섬멸을 뛰어넘었다.

마치 공간까지 꿰뚫어 버리는 무형의 파장을 두르며 거대한 손아귀처럼 조여 오는 어둠의 정면으로 쏘아졌다.

콰아아아아아-!

모든 것이 꿰뚫린다.

이윽고 사라진다.

찢겨져나간 것들이 흔적도 없이 소멸한다.

"크아아아아!"

역전을 두른 브레이아조차 어둠에 파묻혀 살이 찢어질 것 같은 고통을 느꼈다.

하지만 마도술은 기세를 잃지 않고 근원의 저항을 무참히 꿰뚫어 마침내 코어에 도달했다.

그것은 브레이아의 역전과 전장의 불온한 그림자들을 집어삼켜 만들어진 깊은 심연이었다.

발을 디뎠다간 이지가 상실되어 영원히 어둠에 파묻힐 것 같은 공간이었고, 선뜻 손을 대기엔 인간의 원초적인 공포를 자극하는 두려움이 있었다.

하지만 망설임도 잠시.

브레이아는 시시각각 조여 오는 어둠에 미련을 버리며 최후의 일격을 감행했다.

콰앙!

빛이 심연을 돌파한 순간, 사방에 드리운 어둠이 모두 터져 버렸다.

그리고 어둠은 잘게 찢긴 빗물처럼 지상에 쏟아졌고, 브레이아도 평범한 발로 되돌아오며 지면에 추락했다.

쿵!

자욱한 모래 먼지가 피어올라 모두의 이목을 집중시켰다.

잠시 후, 바람이 불어 먼지가 걷히니 온몸이 피로 낭자한 브레이아가 우뚝 서 있었다.

미약한 마력을 몸에 두르며 사방을 경계하고 있었다.

루인은 그곳으로 천천히 걸어갔다.

어둠의 찢긴 조각들은 모두 마르코가 흡수하니 따라붙고 있었다.

나란히 선 두 사제를 브레이아가 매섭게 노려보았다.

빛과 어둠 〈301〉

"나처럼 악마에 혼을 판 자가 또 있었군."

근원.

명칭조차 모르는 이 불가사의한 힘이 역전과 동수를 이루었다.

그 과정이 자신의 힘을 양식으로 만들어진 순간의 충동이라고 듣는다면 브레이아는 어떤 표정을 짓고 있을까.

루인은 굳이 설명하지 않았다.

놀랍게도 브레이아는 팽창하는 근원을 막아섰다.

순수한 역량으론 이 전장에서 그가 최강이다.

하지만 전쟁은 끝까지 살아남는 자가 승자다.

"아직 미숙하지만, 언젠간 지금보다 더한 힘을 품고 세상을 호령할 아이지."

브레이아가 피식 웃자, 루인이 지팡이를 들어 올렸다.

"그 요상한 힘도 끝을 다한 모양이군."

"애초에 내 것이 아니었다. 요긴하게 사용하려고 가져왔지만, 너희는 그보다 더한 것을 준비하더군."

"왜 불사의 군대를 끌고 오지 않았지?"

"용맹한 전사들이다. 살기 위해 발버둥 치는 자들을 왜 죽여서 다시 병사로 만드는 수치를 안기겠는가."

"아라드의 방식을 부정하는가?"

"내 개인적인 욕심일 뿐이다. 폐하를 향한 존경심은 지금도 변하지 않아."

루인이 고개를 끄덕였다.

"포로를 잡아 두지 않으나, 살아남은 병사들의 숫자가 그리 많지 않으니, 저항하지 않으면 성에 억류하는 선에서 끝내겠다."

"고맙군."

브레이아의 몸에서 마력과 역전이 사라지자, 루인은 지팡이 끝에 상실을 맺어 그의 심장으로 천천히 밀어 넣었다.

브레이아가 왈칵 피를 토하며 앞으로 쓰러졌고, 루인은 뒤를 돌아 정적에 휩싸인 전장에 외쳤다.

"브레이아와 제르는 죽었다! 연합군은 항복하는 자에게 선처할 것이나, 끝까지 저항하는 자들은 육신조차 남기지 않고 재로 만들 것이다!"

루인이 땅에 지팡이를 내리치니 목소리가 울려 퍼졌다.

"연합군의 승리다!"

* * *

"라키스는 결코 물러서지 않는다!"

살아남은 브레이아의 수족들이 피를 토하며 외쳤다.

그에 병사들이 합창하듯 소리 높였다.

"외적에 물러서지 마라!"

"우리 가족들이 위협받는다!"

"끝까지 항전하라!"

머뭇거리던 병사들이 곳곳에서 터져 나오는 소리에 다

시 창대를 꼬나쥐었다.

루인은 고개를 절레절레 저었다.

'브레이아의 인망인가. 혹은 세뇌인가.'

브레이아가 죽고 명부의 기운도 옅어졌다.

남은 병사들이 항전해 봐야 부상당한 마도사 손에 정리될 뿐이다.

하지만 그들은 죽음도 두려워하지 않았다.

루인은 병사들 곳곳에서 사기를 억지로 끌어 올리는 바람잡이들을 목격했다. 도망치고 싶은 자들도 바람잡이들 때문에 발걸음을 앞으로 돌려야만 했다.

여기서 살아 나간다고 한들 나라를 등진 배신자로 손가락질받는 신세가 된다고 느꼈기 때문이다.

"선생님."

어느새, 어둠을 갈무리한 마르코가 다가왔다.

"저들…… 다 죽여야 하나요?"

전술에 대한 이해가 부족한 마르코조차 압도적인 광경이 닥쳐옴을 짐작하고 있었다.

그건 적들도 마찬가지다. 싸우면 필패다.

그러나.

"때론 알면서도 싸워야 하는 경우가 있죠."

루인이 씁쓸하게 웃었다.

연합군의 명예를 위해서도 무자비한 학살은 지양하는 게 좋다.

지금까지 뺏어 온 성들에 연합군 손에서 더욱 번창하리라는 희망의 씨앗을 심어 줘야 하기 때문이다.

그리고 페르노크는 줄곧 백성들과 항복하는 병사들에게 자비를 베풀었다.

덕분에 지배한 성들에선 불필요한 잡음이 들리지 않았다.

이 중요한 성도 마찬가지다.

여기 있는 병사들을 살려 둬야, 그들의 가족들이 체념하고 받아들일 수밖에 없다.

"브레이아의 부탁이 아니더라도 살려 두려 했습니다. 하지만 골치 아프게 됐군요."

브레이아의 수족들은 현명했다.

향후를 위해서라도 여기서 연합군이 라키스의 병사들을 무참히 도륙했다는 명분을 가져가려 했다.

그것은 남겨진 자들을 궁지로 몰아넣어 위기의식을 고조시킬 테고, 연합군에게 증오를 불태우도록 라키스의 백성들을 한마음으로 묶어 버릴 것이다.

"근원은 어디까지 펼칠 수 있습니까."

"찢겨 나간 것들을 다시 흡수해서 제 근원이 더 성장했지만, 저 병력들을 모두 감쌀 정도는 안 돼요."

루인이 주위를 둘러보았다.

제르에게 당한 신관들도 큰 상처를 입어 적당히 힘을 조절할 상황이 아니었다.

심지어 연합군의 지휘관들은 불안해하고 있었다.

혹여, 저들이 사자의 무리로 재탄생되는 게 아닌가 하는 두려움.

원초적인 공포를 제거하기 위해서라도 싹을 잘라야 한다.

"라키스의 긍지를 이 땅에 바로 세우라!"

브레이아의 수족들이 지휘관들과 함께 다시 전쟁을 시작했다.

더는 물러설 곳이 없었다.

"권주를 마다하고 벌주를 택하였으니! 연합군 또한 두 번의 자비는 없다!"

루인이 싸늘하게 외치며 상실을 퍼트리자 영사환이 반응하여 적들을 휩쓸었다.

신관들도 남은 마력을 짜내 적들의 진형을 와해시켰고, 마티는 특수별동군으로 용맹하게 정면을 부숴 버렸다.

아수라장은 오래가지 않아 끝났다.

처음부터 연합군의 병력이 브레이아의 병력들보다 족히 2배는 많았다.

브레이아가 역전을 받아야 할 정도로 평야의 전투는 연합군 쪽에 기울어져 있었다.

결국, 포로는 없었다.

시체들이 되살아나지 못하도록 영사환의 빛을 모두 내려 정화시킨 루인이 지휘관들을 불러 모았다.

"이대로 적의 성을 치겠습니다. 결코, 백성들을 상하게 하지 마십시오."

"예. 그리고 협회장님, 브레이아의 수족을 붙잡았습니다."

"성으로 끌고 갑니다. 알아야 할 것들이 많으니 엄중히 감시하도록 하세요."

"예!"

시체들을 한쪽에 모아 소각시킨 후 연합군은 다시 브레이아의 성으로 진격했다.

틈틈이 아군의 상태를 점검한 루인의 낯빛은 좋지 않았다.

호재와 악재가 뒤섞여 있었기 때문이다.

우선, 마르코의 성장이 돋보였다.

브레이아 덕분에 팽창한 근원이 쪼개져 마르코가 통제 가능한 수준까지 내려왔다. 그것들을 모두 흡수하니 단숨에 몇 단계를 뛰어넘었다.

근원의 양으로만 따지면 가히 마도사의 마력과 비견할 정도였다.

아직 섬세한 조작이 부족하지만, 명부에 대처할 수 있는 또 다른 패가 늘었다는 이유만으로 마르코의 성장은 큰 도움이 된다.

문제는 다른 전력들이 크게 상했다는 점이다.

특히, 루인 다음으로 주요했던 적의 신관이 심상치 않다.

팔 하나가 부서져 버린 적의 신관은 상처를 타고 넘어오는 사악한 기운에 심장이 침범당했다.

다른 신관들도 제르에게 당한 부위에서 고통을 호소하고 있다.

이 상처들은 근원과 영사환으로도 해결하지 못했다.

순수한 제르의 마력이었기 때문이다.

마도술이 남기고 간 상처가 신관들의 다음 전투를 불투명하게 만들었다.

거기에 루인도 상당히 버거운 전투를 진행했다.

브레이아를 감싸기 위해 억지로 끌어모은 마력의 반동이 체력을 갉아먹었다.

지금도 눈이 감길 것만 같았다.

그나마 고위 마법사들은 상태가 괜찮았다.

문제는 앞으로 남은 자들이 마법사들만으론 대적하기 어려운 괴물들뿐이라는 것이다.

'결국, 발목이 붙잡혔군.'

예상했던 것보다 브레이아의 반격이 거칠었다.

이 이상 무리한 행군은 적에게 습격당하기 좋다.

비늘족이라도 육지에 데려올 수 있다면 숨통이 트이겠지만, 지금은 사막에서 바늘을 찾는 것만큼이나 증원을 기대하기 어려운 상황이다.

'최소 보름은 다시 군을 재정비해야 한다.'

루인이 쓰게 혀를 차며 말고삐를 잡아 쥐었다.

초췌한 병사들이 목적지를 앞에 두고 가쁜 숨을 내쉬었다.

말로만 전해 들었던 브레이아의 성은 무척 높고 두터워 어지간한 공성 병기로는 꿈쩍도 안 할 것처럼 보였다.

루인이 굳게 닫힌 성 앞에서 외쳤다.

"브레이아는 죽었……!"

그런데 성이 묘했다.

성벽을 지키는 병사들은 살아 있고, 온갖 소리들이 복잡하게 얽혀 오는데, 성을 감싼 무언가가 이상하다.

마치 경계를 나누듯이 이곳과 저곳 사이에 핵심적인 뭔가가 빠진 느낌.

"협회장, 저곳에서 마력이 느껴지지 않소."

루인이 눈을 부릅뜨며 곧장 성문에 마력을 쏘아 보냈다.

병사들은 저항하지 않고 성문이 부서지는 광경을 멍하니 내려다보았다.

살아 있으되 생기가 빨려 버린 것 같은 서늘한 느낌은 성문 안에서도 전해져 왔다.

루인이 브레이아의 수족을 마력에 결박시켜 직접 성안으로 들어갔다.

그리고 거리에 주저앉은 백성들을 보며 미간을 찌푸렸다.

"네놈들이 한 짓이냐."

브레이아의 수족도 이런 광경을 예상치 못했는지 무거웠던 입을 열었다.

"후작께서는 백성들을 아끼신다!"

"한데, 어찌하여 이 안의 마력이 사라진 것이냐! 왜 저들에게서 도무지 생기가 느껴지지 않아!?"
 수족도 되묻고 싶었다.
 그들이 성을 나올 때까지만 해도 백성들은 피난 준비를 하고 있었다.
 마법사들까지 호위로 붙였는데, 그들조차 맥없이 주저앉아 멍한 눈빛을 보내고 있었다.
 이 성안의 비물질적인 요소들이 모두 빨려 들어간 모습은 수족도 전혀 예상치 못했다.
"대체 이곳에서 무슨 짓을 저지른 거야!"
 성은 남아 있다.
 하지만 인간의 생명을 보듬어 주는 무형의 것들이 죄다 사라져 있었다.

* * *

"브레이아가 죽었군."
 우울한 목소리가 동굴에 울렸다.
 루나가 무릎 꿇고 아라드를 살폈다.
 말과 달리 역전이 돌아오지 않았다.
"하지만 나쁘지 않아."
 아라드의 손바닥 위에 보랏빛 구체가 떠올랐다.
 그것을 크리스를 감싼 호박색 껍질에 밀어 넣으니 놀랍게도 역전의 기운이 안에 스며들었다.

"폐하, 그것이 무엇입니까."

"마력을 기반으로 산 자의 세계에서 긁어모은 일종의 생명력이다."

"생명력?"

"명부와 하계는 거울의 양면처럼 나뉘어져 있다. 하지만 하계는 명부를 볼 수 없지. 일방적으로 우리가 하계를 들여다보며 그곳을 구성하는 온갖 것들을 이해하고 받아들인다. 다루지 못하는 것이 아니다. 지금까지 다룰 필요가 없었을 뿐이지."

껍질 속에 무사히 안착한 역전을 느끼며 아라드가 씨익 웃었다.

"명옥은 놈들에게 가로막혔다. 하여, 나는 다른 방식으로 크리스에게 생기를 불어넣을 방법을 찾아냈다. 그것이 하계를 구성하는 모든 것들이지."

"하오나, 어찌 그것을 가져올 수 있단 말입니까."

"단원들에게 회수시켰다. 어려운 일은 아니야. 그저 이것으로 빨아들이면 그만이니까."

아라드가 다시 보라색 구체를 띄워 올렸다.

"그 새하얀 구슬처럼 명부의 힘을 응용해 보았다. 그리고 전송은 오히려 간편해. 너희들에게 힘을 내린 자가 바로 나니까."

"역전이나 후월에 실어 함께 보내면 된다는 말씀이십니까."

"그렇지. 반은 도박이었다. 하지만 성공했구나."

"하오나, 브레이아 후작은 살려야 하지 않았습니까."

"페르노크가 없는 전장에서 역전을 받은 브레이아가 죽을 거라곤 생각지 못했다. 하지만 그 덕분에 좋은 정보들을 얻게 되었지. 새하얀 구슬 외에도 적이 역전에 대항할 수단을 가지고 있다는 점과 전장에서 발생하는 모든 충돌까지도 이 안에 담을 수 있다는 것."

사자의 세계를 엿보는 명안은 세상에 존재하는 모든 흐름을 관찰할 수 있다.

그리고 그 흐름을 자신의 것으로 다스려 지배한다.

이 기초적인 방식으로 아라드는 명옥을 대체할 만한 새로운 에너지 응축 수단을 만들었다.

보라색 구체에는 비단 마력만 담기는 것이 아니다.

마도사들 간의 충돌에서 발생하는 에너지까지 모두 흡수된다.

"싸우고 싸울수록 그로 인해 파생되는 것들이 모두 이 안에 담긴다. 네가 명옥을 새로 만들 동안 단원들은 또 다른 응축 수단을 확보해 오지. 비록 우리가 완전히 기대했던 '명왕'의 모습은 아닐지라도, 크리스는 생사의 경계를 넘어선 새로운 형태의 '명왕'이 될 것이다."

"그럼 이후의 전쟁은……."

"난투전. 아비규환의 전장을 만들어라."

루나가 조심스럽게 물었다.

"적은 이미 불사의 군대에 대항할 방법까지 갖추었습니다. 죽은 자들을 이용할 수 없는데, 남은 병력으로 연합군을 감당할 수 있을까요?"

"하하하하, 너답지 않게 걱정이 많구나. 한데, 생각해 보거라. 우리에게 남은 수단이 어찌 인간뿐이라고 할 수 있느냐."

"예?"

"행동하는 모든 것들이 우리 손에서 춤출 터. 만물은 모두 내 앞에 숙일 것이다."

그리고 어둠 속에서 황실기사단원이 나타났다.

"폐하, 하명하신 일을 모두 끝냈습니다."

"그럼 슬슬 내가 나서야겠구나."

루나가 황급히 몸을 일으켰다.

"폐하, 혹 이 동굴을 나가시려는 겁니까?"

"부족한 병력을 채우기 위해선 내가 직접 개입하는 수밖에 없다."

"아직 크리스 공작은 완성되지 않았습니다!"

"괜찮아. 이제부터 내게 들어올 모든 것들이 크리스에게 흡수되도록 바꿔 놓았으니까."

묘한 웃음을 흘리며 아라드가 어둠 밖으로 발을 내디뎠다.

"나는 지금껏 세 번의 수를 던졌으나, 세 번 다 페르노크에게 막혔다. 이제 네 번째 수는 내가 나서지 않고선 불가능하니, 나도 위치를 들킬 위험은 감수해야겠지."

아라드가 호박색 눈을 반짝이며 씨익 웃었다.
"페르노크를 맞이해야겠구나. 하하하하!"

* * *

루트밀라와 떨어져 다시 단독 행동에 들어간 페르노크는 라키스의 수도를 일직선으로 달려가고 있었다.
역시나 측면에서 파고 들어갈 때처럼 인기척 하나 느껴지지 않았다.
새로운 사자들을 만들어 명옥을 부활시키려나 싶은 그때, 페르노크는 광활한 황토색과 마주했다.
"……?"
분명, 라키스에 사막은 없다.
사시사철 푸름이 가득한 축복받은 나라였다.
그런데 지금 눈앞에 비쩍 말라비틀어지다 못해 갈라진 대지가 펼쳐져 있다.
지도를 다시 떠올려 봐도 이곳은 황무지가 아니라 생기 넘치는 평야여야 옳다.
한데, 물기 한 방울, 생명 한 줌조차 남아 있지 않았다.
'뭐지?'
명옥의 기운은 없다.
그저 모든 것이 증발해 버린 듯했다.
'마력도 없어?'

자연에서 파생되는 마력이 흔적도 없이 사라졌다.

문제는 마력이 돌아올 기미를 보이지 않는다는 것이다.

'죽었다.'

처음부터 존재하지 않았던 것처럼 이 대지를 생기 넘치게 하는 모든 것들이 없어졌다.

풀 한 포기 남지 않은 이질적인 대지에 발자국을 남겼을 때, 페르노크는 하늘을 올려다보았다.

새들이 무리 지어 날고 있었다.

한데, 그 모습이 요상하다.

일반적인 새보다 몸이 2배는 더 컸으며, 깃털이 강철처럼 단단하고, 눈이 새까맣게 죽어 있다.

그리고 새들은 누군가의 통솔을 받는 것처럼 규칙을 띠며 페르노크가 걸어온 길을 역으로 거슬러 날아간다.

'일반적인 현상이 아니야.'

성장이 과하게 촉진되어 있다.

뿐만 아니라 오싹한 죽음이 날갯짓에 실려 나온다.

그건 마치 새가 가진 본질을 뒤틀어 조작한 것처럼 보이는 인위적인 현상.

'명안?'

세상의 모든 흐름을 들여다보는 호박색 눈동자가 만약, 인간이 아닌 다른 생명체에 개입한다면?

이 대지와 자연을 이루는 근간을 뒤틀어 흡수한다면?

그 모든 것들을 죄다 오염시킨다면?

"막다른 곳에 몰리니, 직접 칼을 뽑아 든 건가!"

페르노크는 새들이 날아온 방향을 관찰안으로 훑어보았다.

생명의 흐름에 개입한 황제의 흔적이 느껴졌다.

(이번 생은 황제로 살겠다 10권에서 계속)